私の家族はハイスペックです！

落ちこぼれ転生末姫ですが溺愛されつつ世界救っちゃいます！

著 りーさん

Illust. azな

主な登場人物
ルナティーラ
治癒魔法が得意な次女。
優しそうな外見とは裏腹に、
末王女を害する者には
冷たい。
エルクト
王家の長男。兄姉の中で最強と噂される。
冷酷そうだが、何かとアナスタシアを
気にかけている。
アナスタシア
本作の主人公。
魔力なしの落ちこぼれ転生末王女。
女神の頼みで、各地に散らばった
神器を密かに集めることに。
ライ/神雷の金剣
女神より与えられた神器。
本性は剣だが、姿を変えて
アナスタシアの側にいる。

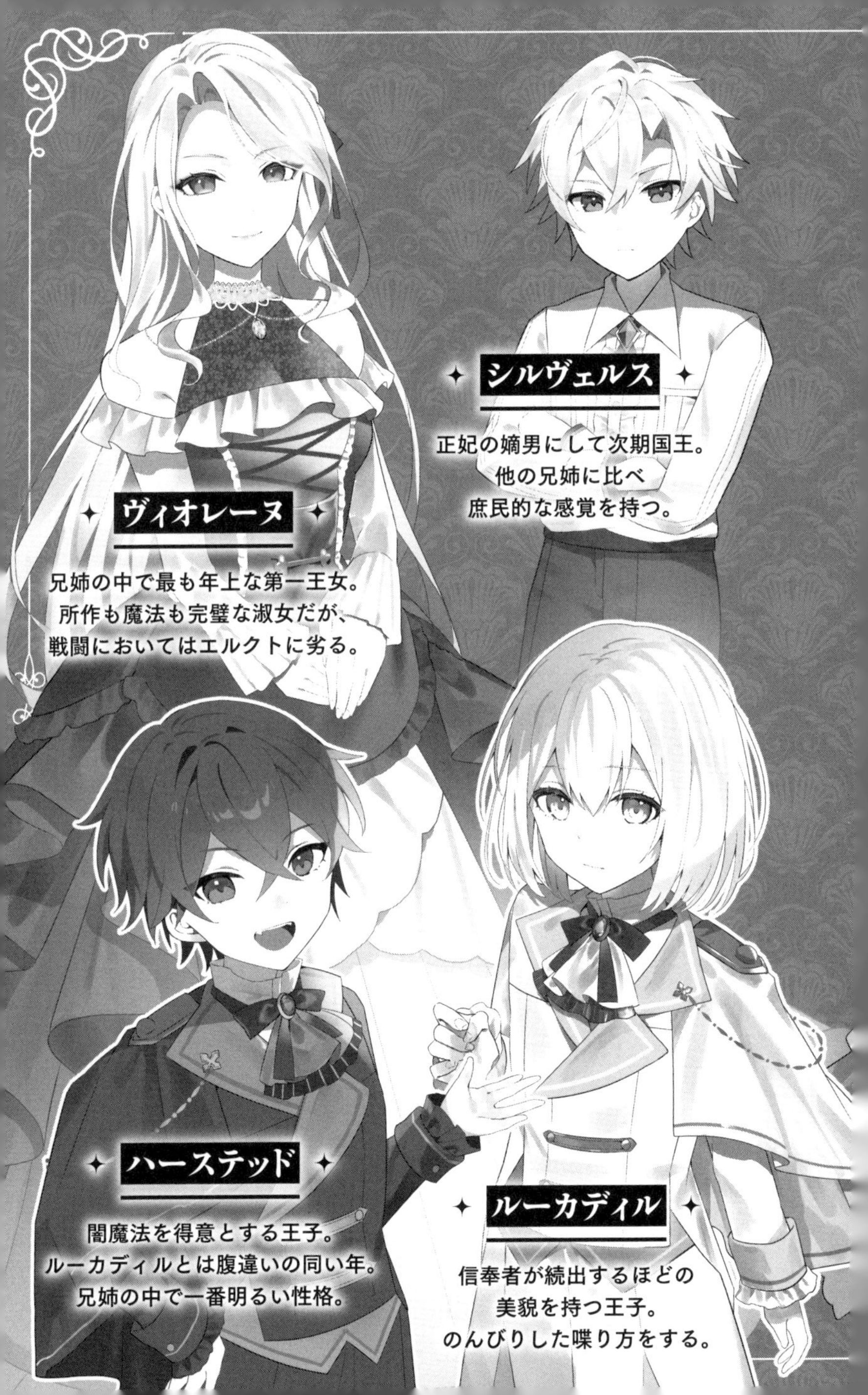
シルヴェルス
正妃の嫡男にして次期国王。
他の兄姉に比べ
庶民的な感覚を持つ。
ヴィオレーヌ
兄姉の中で最も年上な第一王女。
所作も魔法も完璧な淑女だが、
戦闘においてはエルクトに劣る。
ハーステッド
闇魔法を得意とする王子。
ルーカディルとは腹違いの同い年。
兄姉の中で一番明るい性格。
ルーカディル
信奉者が続出するほどの
美貌を持つ王子。
のんびりした喋り方をする。

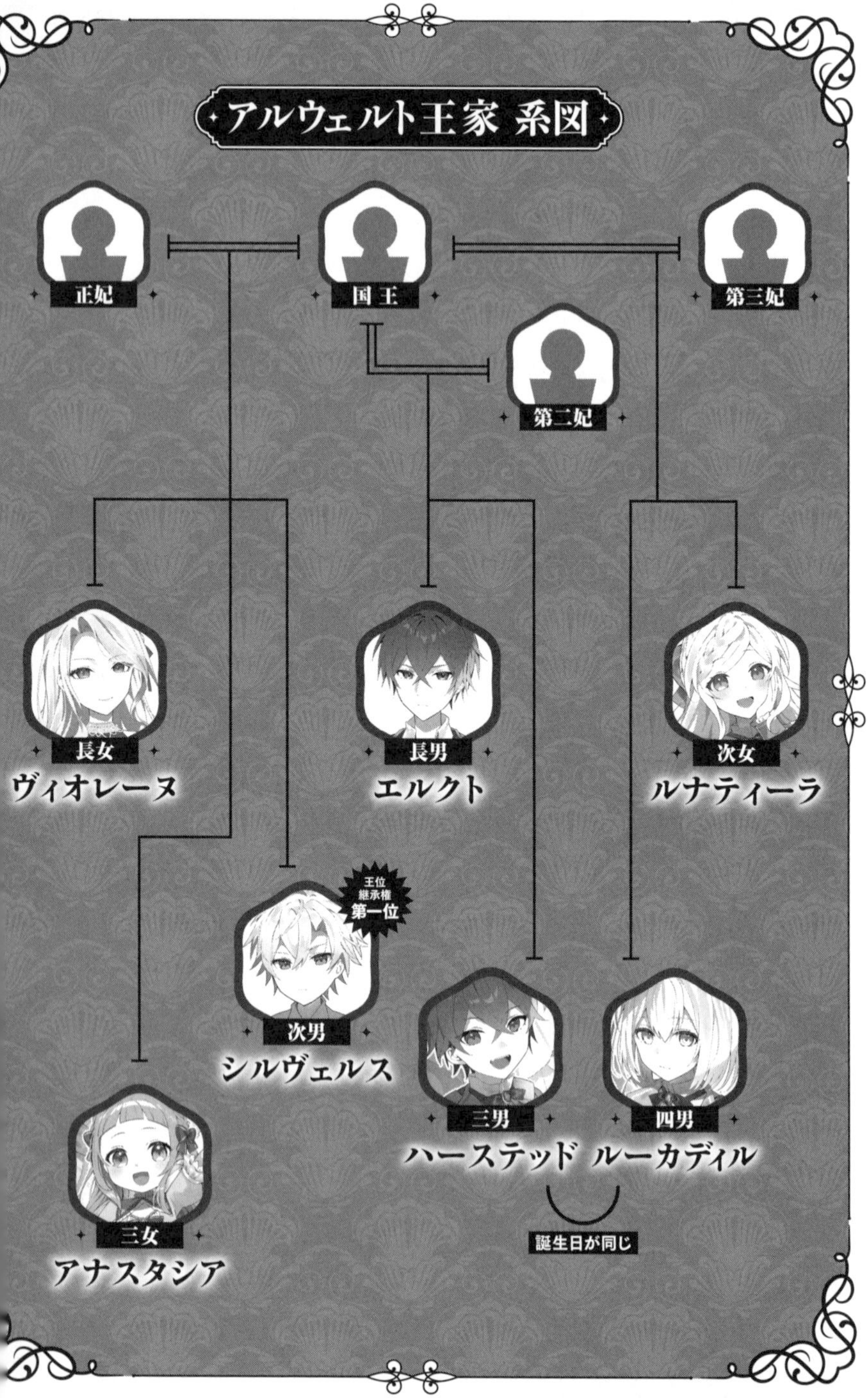
アルウェルト王家 系図
正妃
国王
第三妃
第二妃
長女
ヴィオレーヌ
長男
エルクト
次女
ルナティーラ
王位継承権第一位
次男
シルヴェルス
三男
ハーステッド
四男
ルーカディル
誕生日が同じ
三女
アナスタシア

プロローグ　記憶の断片

目が覚めると、私はなぜか白い空間にいた。

なんでここにいるのか思い出そうとしたけど、心当たりがない。

もしかしてこれって、ファンタジーあるあるの謎の白い空間!?

ということは、この後は神さまが出てきて謝罪か頼み事をされて――

「そこまで理解されてると怖いんだけど」

突然女性の声が聞こえた。

へっ？　と驚いて声のするほうを見ると、そこにはきれいな女性が立っていた。

「あの……あなたは？」

「私はリルディナーツ。一応、神さまというものをやっているわ」

「一応……？」

神さまだというなら、もっと誇《ほこ》らしくしててもいい気がするのに、なんで嫌々というような言い方なんだろう？

「安奈《あんな》。あなたをここに呼んだのは私よ。私たちが管理している世界に行ってもらうためにね」

「あなたが……って、なんで私の名前を知ってるんですか！」

私、自己紹介なんてしてないよね⁉ というか、これが初めましてだよね⁉ もしかして、私が忘れているだけでどこかで会ってたり……？

「初めましてよ。私は神さまだもの。あなたの名前くらい把握《はあく》しているわ」

あっ、そうですか。うん、神さまだもんね、そうだよね。

神さまが、「考えることを放棄したわね……」とか言ってるけど、仕方ないじゃん。いきなりこんな急展開にはついていけないよ。

というか、もしかして私の考えてること、ばれてる？

「神さまだからね」

「あっ、そうですか」

ずいぶんと適当ですね。

いや、違うな。適当というか……なんか、ふて腐《くさ》れてない？

「ふて腐れもするわよ！ 兄神のアルゲナーツが役目を放棄してありとあらゆる惑星を飛び回っているせいで、こっちに皺寄《しわよ》せが来るんだもの！ 疲れがたまって仕方ないわ！」

神さまも大変なんですね……サボる人は嫌だよなぁ。

「とにかく。あなたには、世界を救うために、いわゆる異世界転生というのをしてもらうわ。そして、手伝ってもらいたいことがあるの」

「手伝ってもらいたいこと……？」

ファンタジーオタクとしては、異世界転生は大歓迎だ。仕事は激務だったし、友人や家族とも疎遠だったから、元の世界に未練はない。だけど、その手伝いの内容が気になる。

「転生先の世界……アルケルイスには、ある問題があるの」

「な、なんですか……？」

ごくり、と息を呑《の》む。

「神器《じんぎ》よ」

「神器……？」

私は、神話にある三種の神器や、マンガに出てくるチート武器をいろいろと思い浮かべる。

私の考えを読んだのか、リルディナーツさまは、「話が早いわね」と頷いた。

「私たちは何万年もの間、世界のバランスを保つため、アルケルイスに生きる者たちに様々な力を与えてきたわ。魔力や神器もその一つなの」

「神器は、どういう時に与えられるんですか？」

「神器の能力によって様々だけど、主に生物が滅ぶ、または激減する危険性がある時よ。例えば、流行《はや》り病《やまい》とか災害とかね」

私は、説明を聞いて納得する。

よく読んでいたマンガでも、流行り病とか大災害とかを、チート武器でさらっと解決するシーンがあったな。異世界でもそういうことに使われるんだ。

「その神器はね、持ち主が死ねば、自動的に私たち神のもとに戻ることになってるんだけど……」

「……だけど？」

「何か未練があるのか、一部は下界に留まったまま、戻ってこないのよ」

「ええっ!?　それって大変なんじゃないですか!?」

神器というのは、どのお話においても、とてつもないパワーを秘めているチートなものばかりだ。

それが人間たちの住む世界に置きっぱなしなんて、いいことではないに決まってる。

予想通り、リルディナーツさまは、こくりと頷いた。

「神器が地上に留まっているだけでも影響を与えてしまう。それに、本来持ち主以外は神器を使えないのだけど、持ち主が死んでしまうと、誰でも使えるようになってしまうのよね……」

想像以上にやばかったよ。

誰でも使えるってことは、当然、悪人とかが使うこともあるわけで……神器を持った悪人なんて、それこそ神さまくらいしか対処ができないよ！

「それを、あなたに回収してもらいたいのよね」

「ええーーー!?」

◇◇◇

「ムリに決まってるでしょー！」

私は、ガバッと勢いよく起き上がる。

無意識のうちに叫んでしまっていたみたいだ。

「なんか、変な夢を見たような……？」

神様となんか会話？　取引？　したような気がするけど、その内容がまったく思い出せない。あんなに叫んだのに、なんでまったく覚えてないんだ。

もしかして、前世にまつわる話だろうか？　と思うものの、靄《もや》がかかったように思い出せない。

しばらくして、ズキズキと頭も痛み出したので、私はまたベッドに横たわった。

私は前世の記憶を持つ、いわゆる転生者だ。

異世界に生まれ変わっていると気づいた時には、そこはいつもの部屋の風景ではなかった。

無駄にひっろーいお部屋だけど、なんにもない！　ベッド、服をしまうクローゼット、床に敷《し》いてあるラグ。それ以外は、なんにもない！　文明の利器に慣れてしまった現代人には辛かったな。

毛布にくるまって、先ほどの夢を思い出そうと奮闘《ふんとう》していると、ノックの音が響いた。

「アナスタシアさま。急に叫ばないでください」

文句を言いながら入ってきたのは、離宮の使用人。私の身の回りのお世話をしてくれている人だ。

私はけっこういいところのお姫さまである。いい身分に転生したなと喜んだのもつかの間、置かれている状況はよろしくない。

ここの使用人は、二つの派閥《はばつ》に別れている。私を雑に扱う者か、私によくしてくれる者か。

そしてこの人は、私を雑に扱っている者の筆頭《ひっとう》だ。さまをつけて呼んでくれてはいるけど、視線はすごく冷たい。お世話も、めんどくさいと思っているのがあからさまだ。

「無駄にシーツに皺をつけて……あまり手間をかけさせないでください。洗濯するのは私たちなのです」

ほら。敬語なのに、尊敬している気配が欠片もない。

「しゅ、しゅみましぇん……」

呂律《ろれつ》がまったく回りませんなぁと思いながらベッドからどく。すると、彼女は皺がついたシーツを奪い取るように外して踵《きびす》を返し、バタンと大きな音を立ててドアを閉めた。

せめて、ドアは優しく閉めてほしかった。

一人になったところで、先ほどの続きを。

まず、前世はまったく……というほどではないけど、あまり覚えていない。覚えているのは、現代知識と、自分が女だったこと、ファンタジーなゲームや小説、マンガが好きだったこと、なんか神さまと取引したような気がすることくらい。

だからこそ、さっきの意味深な夢は前世の記憶の続きだったのかなって思ってる。

そして、今の私は、アナスタシアという名前のお姫さま。七人兄弟の末っ子だ。

お姫さまなのに、なんでこんな雑な扱いを受けているかというと、私がポンコツだから。

容姿はそれなりにきれいだけど、両親や兄姉たちと比べたら霞《かす》んでしまうし、この世界での権力の象徴といわれる魔力の量もカスだ。持っていないも同然。

精一杯踏ん張って、ろうそく程度の火を出す魔法が使えるくらいで、使ったら使ったで、魔力切れで倒れてしまうほどのしょぼさだ。

そんな私は、家族に妹として扱ってもらってはいるけど、露骨《ろこつ》に可愛がられたりはしない。

まぁ、当然だよね。だって、家族である前に国王さまにお妃さま、王子さまにお姫さまだ。魔力がないお姫さまなんて、扱いに困ってしまうのだろう。

こう言っちゃなんだけど、ある意味差別をしないと、臣下に示しというものがつかないのだし、私の身も危うくなりかねないのだ。

例えば、私がお父さまのお気に入りに認定される。

すると、私は国王の寵愛《ちょうあい》を受けている王女ということになり、他のお兄さまやお姉さまよりも立場が上になってしまう。国王という最強の後ろ盾ができるし、血筋に問題はないからだ。

そうなると、当然ながら出てくるのが、私を支持する派閥。私に気に入られて、甘い汁を啜《すす》ろうする人たちだ。

その人たちが増長すれば、今の王太子を廃《はい》して私を女王にしようとするかもしれない。

だけど、私が万が一にも女王さまになろうものなら、困る人たちも当然いるわけで。そうなると、なんとか阻止しようと私を害する輩《やから》が出てくるのは自然な流れでありまして。

そうなっても、ポンコツ姫じゃあ、自衛の手段がないわけだ。

そんなだから、家族——特にお父さまは私を表立って可愛がるわけにはいかないのである。

王に目をかけられている子というのは、それだけで大きな脅威《きょうい》になってしまう世界なのだ。

言い方は悪いけど、私を放置していれば、わざわざ狙おうとすることもないだろうという考えらしい。

実際、家族が会いに来ていた時はよく狙われていたみたいだし。

護衛でもつけろよと言われるかもしれないけど、こんなポンコツ姫を命をかけてまで守りたいという人は少ないのです。優秀な兄姉が多いから、末っ子ぐらい別に死んでもよくね？　的な人がほとんど。

真剣に守れないのなら、護衛の意味がありませんもんね。

だから、私は離宮にて隔離されています。

一時期は廃嫡《はいちゃく》の話も出ていたらしいけど、それを拒否したお父さまは、私を王位継承権最下位にした上で離宮に隔離することで、頭の固いお方を納得？　させたのです。

そんなわけで、家族のスペックが高すぎた結果、末っ子姫は放置気味になりましたとさ。

その結果、私のようなポンコツ王女に気に入られる必要もないし、嫌われても何の問題もないと思っている使用人や侍女たちは、私に対する態度を変えたというわけだ。特に、そういう権力関係に敏感な貴族のお家柄の人たちはね。

まぁ、今の私の現状はこんな感じですかね。

それを踏まえて先ほどの夢のことだけど……なんか会話した覚えがあるし、やっぱり取引なのかなぁ？

神さまとの取引なんだから、何か世界に関わる重要な使命が……ないな、多分。

どうせ、『生きてるだけでかまわないよ～』的な感じだね、きっと。

ポンコツの私に何を任せるというのか。

重要な使命とかがないなら、異世界を楽しく生きてみよう。

せっかくなら、使用人から一目置かれる程度には兄姉たちと仲よくするのを目標に、頑張ってみますか！

第一章　ポンコツ姫の環境改善

決意早々に、私は憂鬱《ゆううつ》な気持ちになっている。

原因は、目の前の人だ。

「では、アナスタシア姫さま。本日は歴史ですよ」

「ゆ、ゆっくりでおねがいしましゅ……」

憂鬱なのは、授業の時間だから。

私は、勉強が嫌いである。でも、お姫さまとして生まれたからには、勉強もしなければならないのだ。放置されているお姫さまだから勉強も免除なんて都合よくはいかなかった。

担当者はリカルド先生。見たまんまのインテリメガネって感じの人。メガネがよくお似合いのダンディなおじさまである。

この人は嫌いではない。教え方もわかりやすいし、私を差別しないから。まぁ、差別しないからこそ、お姫さまである私にもビシバシ厳しい指導をするのですが。

「そんな顔をされずとも、そこまで詰め込むようなことはしません。本日学ぶのは、アナスタシアさまも受けることとなる少年・少女式についてですから」

「しょーねん・しょーじょしき？」

まったく聞いたことがない言葉が出てきて首を傾げる。

「男性の場合は少年式、女性の場合は少女式となるため、合わせて少年・少女式と呼ばれています。どちらも、六つになる年の始めに行われるものです。その日まで生きられたことを、神に感謝する習わしが元となっています」

なるほど、七五三みたいなものか。それが、この国では六歳だけに行われるみたいだね。

……六歳か。なら、私の兄姉たちだと――

「じゃあ今年は、シルヴェルスおにーしゃまがおこなったのでしゅか？」

シルヴェルスお兄さまは今年六歳になった王子だ。

「そうです。ちなみに、貴族と平民の式は分けて行われます」

「どんなふうにおこなわれるのでしゅか？」

「基本的には平民も貴族も同じです。まずは、神官に祝福をもらい、その次に、魔力を女神像に捧げます。その際に、神からあるものを下賜《かし》されます」

「……かし？　なにを？」

意味は知っている。偉い人が何かくれること。名誉だったり、物だったり。

でも、神からもらうってどういうこと？

「人によって様々です。技能を授かった者もいれば、魔力を授かった者もいます。稀《まれ》に、神器を授かる者もいますね。何も授からなかったという人は聞いたことがありませんので、アナスタシア姫さまも何かは授かるかと思います」

「ぎのう、まりょく、じんぎ……あぐ！」

神器という言葉を聞いた瞬間、なぜか私の脳内にノイズが走った。そして、ズキズキと頭が痛む。何か、何か引っかかる。このズキズキする感覚は、神さまや夢のことを思い出そうとした時と同じ感覚だ。

もしかして、何か関係がある？　神さまと、神器と、前世の私。

どこかに繋がりがあるの？　あの夢は、それと関係しているの？

「……さま。アナスタシア姫さま！」

名前を呼ばれてはっとなる。

私が顔を上げると、リカルド先生が心配そうに覗き込んでいた。

「どこかお体に優れないところがありますか。それならば授業は中断しましょう」

「はい。ありがとうごじゃいましゅ」

頭痛が続いていて、さすがにこれ以上勉強を続けるのは難しいと悟《さと》った私は、リカルド先生のお言葉に甘えて授業を中断し、私室に戻った。

寝室へ入った私は、ベッドに座る。

「やっぱり、引っかかるなぁ……」

神器。これは、絶対に私と何か関係している。

もしかしたら、私が少女式を迎えた時にもらうのはこれだと示唆《しさ》している？　……いや、さすがにそれは考えすぎ？

そんな風に考え込んでいると、ノックの音が聞こえた。

「アナスタシアさま。ザーラです。入ってもよろしいでしょうか」

「どうじょ」

私がそう言うと、一人の侍女――ザーラさんが入ってくる。フルネームは、ザーラ・ミドラー。

ザーラさんは、私によくしてくれる侍女の一人だ。わからないことがあると、いつも教えてくれるし、私が頼んだことも、嫌がる素振《そぶ》りすら見せずにやってくれる優しい人。

「どうしたのでしゅか？」

「アナスタシアさまのご気分がどこか優《すぐ》れないご様子でしたので、何か飲み物でもと」

ありゃりゃ。見られちゃってたか。

「たいしたことはないでしゅ。ちょっとあたまがいたいだけでしゅから」

やっぱりたどたどしくなってしまう。

中身が中身だから、ちょっと恥ずかしいんだよね。

それにしてもなんか静かだなと思ってザーラさんのほうを見ると、顔を真っ青にしている。

「ご病気ではないでしょうか。今、侍医《じい》を……」

侍医って、お医者さんのことだよね⁉　ちょっと大げさだよ！　頭痛だけだし、転生前の記憶を思い出そうとした時の副反応みたいなものだろうから！

私は今にも出ていきそうなザーラさんの服を掴む。

「寝てればだいじょーぶでしゅ！」

「で、ですが……」

「だいじょーぶでしゅ。だから、おいしゃさまじゃなくて、ザーラしゃんのこもりうた聞きたいな」

「……わかりました」

まだ納得してはいないような表情だけど、とりあえずお医者さんを呼ぶのは止めてくれたようだ。

ザーラさんはお布団を被った私をそっと撫《な》でた。

「静かな夜が来たら　白き花は揺れる　荒れた夜が来れば　赤き花咲き誇る」

ザーラさんの歌っている子守唄。

これは、この王国に広く伝わっているもので、知らない人はいないと言われているらしい。

なんかの神話を題材にしているらしいけど、詳しいことは知らない。

「お日さまが起きたら　お花を摘もう　美しい白い花」

もう終盤に差し掛かると、私も目がとろんとしてくる。

「今日はおやすみ　星の加護で素敵な夢を」

最後のワンフレーズの言葉が小さく耳に入った頃には、私はすーすーと眠っていた。

◇◇◇

妙な夢？　らしきものを見てから三日。今日は、家族の皆でお食事会！

国王であるお父さまが召集をかけたのです。皆の時間ができると開かれる不定期なミニイベントです。

普段はシンプルな服なんだけど、夜にはオシャレなドレスにお着替えする予定です。

なんかね、予算がないとか言って、そういう服しかくれないんだよね。私も一日中オシャレなドレスなんて着たくないからいいんだけど。

そして、お食事会なんだけど、朝とお昼は、お父さまのお仕事が忙《いそが》しいから、夜になるんだよね。

そんなわけで、夜まで時間があるので、お外でのんびりしたい。部屋でじっとしてるのは落ち着かないし。

お水を持ってきてくれた使用人さんに外に行きたいと訴えたら、私によくしてくれる侍女たち総出で私をラフな格好に着替えさせてくれた。ドレスというよりは、華やかなワンピースみたいな見た目だ。

ザーラさんによると、『アナスタシアさまは飾りが少ないのをよく選ばれますし、よく走り回られますから』と購入してくれたものだった。

そして、使用人たちは私がお庭に出るというのをお父さまに報告するためどこかに消えた。

そんなわけで、誰もついてきていない。私が勝手に外に出たから。待っているように言われたけど、大人が常に側にいるのはどうも落ち着かないんだよね。

どうせなら、思いっきり駆け回ってみよう！　せっかく一人なのだから！

「わー！」

走り回っていると、お城の庭園が見えてきた。せっかくなのでお花でも摘もうかと私がしゃがみこんで花に触れた瞬間、ザッザッと草を踏みしめる足音が聞こえる。

お花摘みをやめて、そちらに視線を向けると、一人の男の子が仁王立ちしていた。後ろにはお付きの人らしき男性もいる。

「お前、何をしている？」

私がしゃがんでいるから当然なのかもしれないけど、見下した目でこちらを見ている。

「お花ちゅみしてたの！　おにーしゃまもやりゅ？」

話しかけてきたのは、ハイスペックな家族の一人。長男のエルクトお兄さまだ。

私より十歳年上の十三歳で、黒髪に王族の象徴である金色の瞳。

学園の中等部に通っているそうだけど、よく家で見かける。

私はというと、うっすーい茶髪に、黒い瞳というなんとも地味〜な姿をしています。まぁ、前世

より は顔が整っているけど。

私のお母さまは金髪碧眼《へきがん》の美人。お父さまは、ダークブラウンの髪に、エルクトお兄さまと同じ金色の瞳だ。

はい、私は両親の要素が一ミリも入っていません！　まぁ、髪色はお父さまと同じ……とまでは言わなくても、近い感じだけど、黒目はなんなんだろうね？　瞳の色も、よほどじゃなければ遺伝のはずなんだけどなぁ？

あっ、エルクトお兄さまの髪色はアリリシアさまというお妃《きさき》さま譲りだよ。王家だからか、お妃さまも何人かいるんだよね。

話を戻しまして、この人は何のスペックが高いのかというと、顔面偏差値、身分はもちろん高いのですが、文武両道なのです。

私も噂に聞いた程度なのだけど、火炎魔法と剣の腕が非常に高くて、学園では負けなしなのだとか。すごいね～。

兄弟では、一番強いとの噂《うわさ》だ。まぁ、総合力では一番というだけで、状況によっては負けることもあるくらいにはほとんど力の差はないらしいけど。

でも、間違いなく私は勝てない。

「……この後は食事会だろう。ドレスを汚してどうするんだ」

お兄さまがさっと私の格好を見た後に、怪訝《けげん》な目をしながらそう言うので、私は胸を張って言う。

「これは普段着なので、だいじょうぶでしゅ」

「だとしても、使用人の仕事を増やすことになるだろう」

「後で自分で洗いましゅ！」

「洗濯は使用人の仕事だ。それを奪ってはならない」

「だって、やりゃないもん」

私だって、人のお仕事をとるような悪女じゃありませんよ。でも、離宮の使用人がやらないんだから、私が動かないといけないの。

私が私的なことを頼んでも、忙しいのでできませんって断られるんだよね。押しきってまでやらせたいとは思わないから。

お兄さまはというと、怪訝な表情のまま静かに問いかけてくる。

「……使用人が仕事をしていないとでも言うのか？」

「う～ん……しょうじゃないけど……」

仕事していないとは言いきれないので、少し歯切れが悪くなってしまう。だって、サボっているわけではないのだ。

ちゃんとお部屋を整えてくれるし、服も着替えさせてくれるし、食事の用意だってしてくれる。

ただ、私への態度が悪いだけなのだ。

めんどくさいと思っていながらも、なんだかんだやっている。それを、仕事していないというのは違うのではないだろうか。

態度が悪いのは問題かもしれないけど、私に危害を加えているわけでもないし、悪口を言っているわけでもない。

別にへっぽこだからって、表向きには笑われたりもしていない。冷たくツーンと仕事しているだけ。例えるならロボットみたいな感じ。

使用人たちからしてみれば、尊敬できるような王女や王子に仕えるつもりでここに来ただろうに、割り当てられたのはへっぽこ姫。納得いかないのは自然と言えるだろう。プライドの高い貴族の血筋の侍女は余計にだ。

なので、私によくしてくれているのは、王家に忠誠心のある家の出身か、平民くらいなんだよね。

「……そうか。なら、あまり歩き回るようなことはするな」

それだけ言うと、エルクトお兄さまは満足したのか、またどこかに行ってしまった。

結局、何がしたかったんだろう？

◇◇◇

お兄さまから忠告をもらった後で、井戸にやってきました。私は使用人の人から洗濯セットを借りて、汚れたドレスをバシャバシャ洗っている。魔法ではろくに洗濯できないためだ。

エルクトお兄さまからは、洗濯するなとは言われなかったからね！　……まぁ、私によくしてくれる使用人たちにはいろいろと言われたけどね。

この井戸は、お子さまの私でも楽々に使えたので、魔法か何かの補正がかかっているのではと推測しているけど、真偽のほどはわからない。

私の離宮からめちゃめちゃ近いところにあるので、家族が気を遣ってくれたのかな？　と思ってたりもする。

それに、めんどくさいかなと思ったけど、やってみると意外と楽しいんだこれが。

「ふんふんふ～ん♪」

どんどん楽しくなってきて、鼻唄混じりに洗っていると、またもや足音が聞こえてくる。

ここに私がいるのを知っているから、使用人たちは来ないはずなんだけど……？

「……お前、何をしている？」

そう聞いてきたのは、エルクトお兄さまだった。さっきの足音はエルクトお兄さまのものだったらしい。

なんか、よく会いますね。私の後を追いかけてきたのかな？

遭遇率に違和感を感じながらも、私はお兄さまの質問にどや顔で答える。

「洗濯でしゅ！」

「それは見たらわかる。なぜそんなことをしているのかと聞いているんだ」

ちっちっち。そんなのは愚問ってやつですよ、お兄さま。

「どれしゅが汚れたからに決まってりゅじゃあないでしゅか！」

私が胸を張ってそう言うと、お兄さまの顔が一瞬だけ歪《ゆが》んだ。

「……腹の立つ言い方をするな。替えはないのか？」

「ないでしゅ。普段着はほとんどないので」

私がそう言うと、エルクトお兄さまは不機嫌そうな顔をする。

どうされました？

「……支度金は十分にあるはずだが。この程度のドレスならば、百は余裕で買えるだろう」

お兄さまはたらいにつけていたドレスを触りながらそう言った。

「しょうなんでしゅか⁉」

このドレスは、確かに見た目は平民が着るようなワンピースみたいな感じなんだけど、お姫さまである私が着るものなだけあって、素材は上等なもの。平民は一生かけても買えないようなお値段。

それが百も買えるということは、相当なお金があったということなのだろう。

あの人たちは予算がないって言ってたけどなぁ……って、答えは一つしかないよね。

「……今からでも仕立ててもらえ。替えのドレスはルナティーラが持っているだろう」

「ルナティーラおねーしゃま？」

わぁ！　初めて〝る〟がまともに言えた！　パチパチ……

あっ、ルナティーラお姉さまというのは、第二王女である私のお姉さんです。お姉さまは、私のことをよく可愛がってくれている存在。

私には兄姉が六人いるんだけど、お姉さまは第三子。

三人いるお妃さまのうちの一人、ルルエンウィーラさまという人の娘。

ちなみに私は、正妃であるシュリルカさまの娘です。

つまり、ルナティーラお姉さまとは腹違いだけど、妹として可愛がってくれている。というか、家族のほとんどには可愛がられていると思います。一部わかりにくい人たちもいるけど。

エルクトお兄さまもあんな言い方はしていたけど、歩き回るなというのは、私のことを心配しての発言だというのはわかってますから。

「ああ。ルナティーラには連絡を入れてやる。すぐに向かえ」

「あいあいさー！」

私が右手をあげながらそう言うと、エルクトお兄さまに変な目で見られてしまいました。解《げ》せぬ。

◇◇◇

ドレスを貸してもらうために、ルナティーラお姉さまのもとにレッツゴー！

「ふふふーん♪」

鼻唄を歌いながら、陽気にルナティーラお姉さまの部屋に向かっていると、目の前にキラキラした存在が！

「ルナティーラおねーしゃま！」

私はそれに気づいて、思わず駆け出してしまう。向こうも私の存在に気づいて、近寄った私を抱き締めてくれた。

「ふふ。アナ、どうしたの？」

朗《ほが》らかな笑みで、私に笑いかけてくれる。お姉さまは控《ひか》えめに言って天使だ。美しい白金の髪に、淡い水色の瞳。ルナティーラお姉さまの実母である、ルルエンウィーラさまのミニチュアがお姉さま。

ルルエンウィーラさまも女神のように神秘的な雰囲気《ふんいき》を漂《ただ》わせている。

ルルエンウィーラさまは、私に会った時にはクッキーの差し入れをしてくれるので、可愛がってくれているのだろう。

『皆には内緒ですよ』といたずらっ子みたいに微笑んでくるところが最高すぎるのです。数回ほど昇天しかけました。

こっそりと渡されている理由は、私が落ちこぼれ末姫なことも関係するけど……以前に私が虫歯になりかけたことがありまして、それ以来、お菓子は厳しく管理されているのです。

でも、家族の皆は、時々こっそりとお菓子をくれるというわけです。大抵は、ルルエンウィーラさまだけどね。

ルナティーラお姉さまも、そんな女神みたいなルルエンウィーラさまの血をしっかりと引いていて、とてもお優しい方です。

お姉さまは、魔法の扱いが王家で一番上手なお方。光魔法と回復魔法が得意なのだとか。即死じゃなければ大抵の怪我や病気は治してしまうルナティーラお姉さまは、庶民の間では治癒姫なんて呼ばれているそうですよ。

そんなルナティーラお姉さまは、私より七つ年上の十歳で、学園に通っている。

私もポンコツとはいえ魔法が使えるから、いずれ学園に行くことになるらしい。う〜む……ま、なんとかなるでしょ！　友だちを何人か作って、のんびりとした学園ライフが送れればいいよね！

学園のことよりも、ルナティーラお姉さまに用件を話さないと！

「あのね、おねーしゃまのお洋服がほしいの！」

「私の服？　そういえば、兄上から連絡があったわね。でも、どうして？」

「しょくじかいに着るおようふくがないの！　エルクトおにーしゃまに、おねーしゃまからもらえって！」

エルクトお兄さまに言われてここに来たことを伝えると、ルナティーラお姉さまの目が細くなる。

「あら、支度金は十分に支給されているはずよ？　それで足りないの？」

エルクトお兄さまとまったく同じことを聞かれてしまった。

「ひちゅようないとおもって買ってないの」

なんとなく言いづらくて、少し目線をそらしながらそう言ってしまった。

お姉さまは、少し考えるような動作をして口を開く。

「そう。それなら、今回は貸してあげるけど、これからは替えを仕立てなさい。お金はあるでしょう？」

「う、うん……」

私がなんとか作り笑いをして頷くと、ルナティーラお姉さまの目はさらに細くなった。信じるどころか、さらに疑われたように見える。

「……ないみたいね。なぜかしら？」

あっ、やっぱりバレた。

「よしゃんがないって……」

「……アナ。あなたへの予算は年間に金貨二千枚ほど下りているはずなのだけど」

「えっ⁉　しょうなの？」

金貨二千枚って、前世で言えば二千万円くらいの価値がある。それって使おうとしても使いきれない金額じゃない⁉

「……まさかとは思いますが、使用人があなたの支度金に手を出しているのですか？」

「わ、わかりましぇん……」

ルナティーラお姉さまが真剣な顔で聞いてくるので、思わず敬語になってしまう。

「……そうですか。他に何か気になることはありませんでしたか？」

「う～ん……離宮にしては地味だなぁ……なんて思ったことは……」

私がそう言うと、お姉さまは深くため息をつく。

「いいですか。離宮に限らず王族の住まいというのは、いわば王家の顔のようなもの。それが粗末であれば、他国から舐められる理由にもなります」

「つ、つまりは……？」

「装飾品は最低限であろうが必ずそれぞれの離宮に存在しています。それがないということは、意図的に外されたということしかあり得ません。私たちを舐めているのですかね……」

あっ、お姉さまガチギレモードに入った。ルナティーラお姉さまとルルエンウィーラさまは、怒ると敬語を使うというわかりやすい特徴がある。いるよね、そういう人。

……まぁ、さっきから敬語だったけども。

「あなたに任せるとなあなあになりそうですので、この件は私の預かりとさせていただきますが、よろしいですね？」

「は、はい……」

私に聞いてはいるけど、もはや決定事項みたいなトーンと表情で話すので、体が強張《こわば》ってしまう。

怖いよ、お姉さま。いつもみたいに笑顔でいきましょう？

「それで、ドレスですね。夕方頃に取りに来なさい。早めに渡せば、あなたはまた汚しそうだもの」

「ひゃ、ひゃい！　しょうちしまちた！」

もう怒ってないんだろうけど、やっぱり体は強張ったままだ。

怒ったお姉さまは怖いよ〜！

◇◇◇

夕方になったので、私はルナティーラお姉さまのもとに、ドレスを貸してもらいにやってきた。ちょっと離れてたから歩くのが大変だったけど。

「アナスタシアでしゅ。ルナティーラおねーしゃまによばれてきました」

「ようこそおいでくださいました、アナスタシアさま。ルナティーラ王女殿下がお待ちです」

ルナティーラお姉さまのお付きの人が、私を案内してくれる。

しばらく歩いていくと、何人か警備の騎士たちを見かける。ルナティーラお姉さまの護衛なのだろう。

「ルナティーラ王女殿下。アナスタシアさまをお連れしました」

「入りなさい」

お部屋に案内された私は、中に入る。すると、お姉さまはすでに準備万端のようで、白金の髪に合った薄いパステルカラーの黄色いドレスを着ている。

美しすぎる……！　これは、女神の化身と言っても過言ではない。

「来たわね、アナ。ドレスはそこにあるものを着なさい。私には小さくて着られなくなったものよ」

そう言ってお姉さまが手で示した場所には、何着ものドレスがある。十着以上はあるんじゃないだろうか。

私が今着ているものしかないと言ったから、これだけ用意してくれたのかもしれない。

とりあえず、飾りが少ない一番シンプルなものを選んだ。それは、淡い緑色のドレスで、私の地味な色合いが負けてしまうくらいにきれいなものだ。

「あら、それを選ぶのね。あなたたち、アナを着せ替えなさい」

「アナスタシアさま、失礼します」

いつの間にか背後にいた使用人が私の腕をぐっと掴んできた。ちょ、ちょっと？　痛いんですけど……離してくれません？

その瞬間、背筋に寒気が走った。おそるおそる振り返ると、あの女神のような姿には似つかわしくない冷血なオーラを宿した瞳でルナティーラお姉さまがこちらを見つめていた。

「あなた、王女であるアナの腕を乱暴に掴んだわね。今すぐに離しなさい」

普段のルナティーラお姉さまとは似ても似つかないようなその声色に、私まで震えてしまう。

「えっ……話が違う……」

使用人の女性がボソッと呟く。

話とはなんぞや？　そう言えばこの人、私のいる離宮で見かけたような……？　いや、他の人たちも見たことがあるぞ？

「離しなさいと言っています」

お姉さまが強い敬語口調でそう言うと、使用人の女性はパッと私の腕を離した。

怖い。怖いよお姉さま。

「も、申し訳ありません！　わざとでは……」

「わざとじゃなかったらかまわないとでも？　あなたたち、この無礼者を連れていきなさい」

近くにいた騎士たちに指示をするお姉さま。騎士たちは、突然のことに戸惑っているような様子を見せながらも、王女であるお姉さまには逆らえなかったのか、使用人をまるで罪人のように連れていった。

「ルナティーラさま！　どうかお慈悲を……！」

連れていかれた使用人の叫び声が遠ざかる。

きゅ、急展開すぎてついていけない……！

私があわあわとしていると、お姉さまが微笑んだ。これは、いつも私に向けてくれている慈愛の笑みではない。冷たい吹雪のような笑みだ。

「アナ。あなた、いつもあのような扱いを受けているの？」

「いえいえ！　ちょっと態度がわるいくらい……」

「態度は悪いのね？」

はっ！　しまった、口が滑《すべ》った！　こんな陰口みたいなことを言うつもりはなかったのに！

お姉さまは、わざとらしくため息をついて、私に言い聞かせるように言った。

「アナ。あなたは気にしていなくても、王女たるもの、下の者には威厳を示さなければならないわ。おそらく、父上や母上は、あなたへの扱いについて報告を受けているはずよ。それでも何もしないのはなんでかわかる？」

「えーと……そうする必要がないからなのでは……？」

そもそも、お母さまたちの耳に入っていたのですか。だとすると、装飾品の横領でクビになっていそうなものだけど……

「あなたが直接咎《とが》めるのを期待していたのよ。でも、あなたは優しすぎて無理だったようね」

それ、三歳児に期待することじゃなくないですか？　私の考えがおかしいんですかね？

でも、それが王族としては普通なのかもしれないな。私の常識は非常識なのかもしれない。

「改めて言います。あなたが何もしないというのなら、私が何とかしますが、異論は？」

「あ、ありましぇん……」

敬語を使っているお姉さまに異論なんてぶつけようものなら、間違いなく灰になる。

「では、アナは食事会が始まるまでここにいなさい。私が帰ってくるまで外出はしないように」

「しょ、しょうちしました！」

私が返事をすると、お姉さまは部屋を出ていく。

お姉さまの去り際の笑みが忘れられない。慈愛に満ちたような笑みだったけど、どこか不気味にも感じられた。

◇◇◇

結局あの後、お姉さまは部屋に帰ってこなかった。その代わりに、一通の手紙だけを送ってきた。

晩餐会には出なさい

お姉さまらしい、美しい字体で書かれていた。手短に用件だけを伝えるのは、お姉さまらしいというかなんというか。いや、王族らしいというべきなのかな？

変に回りくどい言い方をしないからうれしいけど。

「あの……着替えを手伝っていただけましゅか」

お姉さまのぶちギレ事件から、少し距離を置かれている使用人に着替えを頼む。

使用人たちは、少しおどおどしながらも、私の着付けを手伝ってくれた。

先ほどみたいに、腕を掴まれたりはしていないけど、びくびくしているのが手の震えから伝わる。

どうやら、使用人の皆さんにとって、あのお姉さまは震えてしまうほど怖いらしい。うん、わかるよ、その気持ち。

「終わりましたか？」

「あっ……はい。完了しました」

う～む……明らかに顔色を窺っている。私はそう簡単に怒ったりはしないんだけどなぁ。

「それでは、晩餐会に行ってきましゅ！」

私がいそいそと部屋を出ると——扉の前にこの国の騎士の制服を着た女性がいた。

横を通りすぎると、その人はついてきた。

あれれ？　なんで？

「あの……なんでついてくるんでしゅか？」

「ルナティーラさまより、護衛の任を頂戴しましたので」

ごっごごっごごっごごっごえい!?

いらないいらない！　私にそんなものはいらない！　ノーセンキュー！

「おーきゅーまででしゅから、らいじょうぶでしゅ」

「いえ、そういうわけにはまいりません」

うう……でも、騎士の人も仕事だから仕方ないか。

「……では、おねがいしましゅ」

結局、私が折れました。

◇◇◇

晩餐会会場に着いた私は、その扉を守っていた騎士さんに声をかけた。

「アナスタシアでしゅ」

「アナスタシアさま、中へどうぞ」

ドアが開かれたので、私は中に入る。

すると、ルナティーラお姉さま以外は全員が揃っていた。

時間ギリギリとなっているのに、ルナティーラお姉さまがいないのは、やっぱり大事な用事があるんだろう。

「アナ、久しぶりね」

「おひしゃしぶりでしゅ、シュリルカおかーしゃま」

席に着いた私に真っ先に声をかけてきたのは、お母さまであるシュリルカ王妃。席が離れているから声が聞こえにくいけどね。

この国では身分によって席に座る場所も決まっていて、基本的には男のほうが上。順番は当主、妻、息子、娘となる。そして、母親の身分が高いほど位も高くなる。

私たち兄弟はどういうふうになるかというと、正妃の子どもであるシルヴェルスお兄さまが一位。ヴィオレーヌお姉さまが二位。

第二妃、アリリシアさまの子どもであるエルクトお兄さまが三位。ハーステッドお兄さまが四位。第三妃、ルルエンウィーラさまの子どもであるルーカディルお兄さまが五位、ルナティーラお姉さまが六位となる。

それから、私はシュリルカ王妃の娘なんだけど、権力の象徴である魔力がないので最下位。いやー、複雑だね！

ちなみに兄弟の年齢は、高い順にヴィオレーヌお姉さま、エルクトお兄さま、ルナティーラお姉さま、シルヴェルスお兄さま、ハーステッドお兄さまとルーカディルお兄さまだ。

年齢は結構差があってバラバラなんだけど、皆大人びています。

しばらく食事を楽しんでいると、扉をノックする音が部屋に響いた。

「申し訳ございません。遅くなりました」

そう言いながら入ってきたのは、ルナティーラお姉さまだった。

走ってきたのか、お姉さまは息切れしていた。

「ずいぶんと長引いたようですわね」

「申し訳ありません。アリリシアさま」

ルナティーラお姉さまに声をかけたのは、アリリシアさま。

「いえ、遅刻はかまいませんが、そのような言伝《ことづて》がなかったことが問題なのです」

……うん？　もしかしてお姉さま、他の皆には事情を伝えていなかったのかな。

「失念しておりました」

「次からは気をつけなさい。では、遅刻の理由を説明していただけますか」

「それは……」

ルナティーラお姉さまは、こちらのほうをちらりと見ます。

「アナスタシア。出ていってくれ」

エルクトお兄さまが、私に冷たくそう言った。

なぜ!?　なぜ私が出ていくことに？

「エ、エルクトおにーしゃま……」

私がエルクトお兄さまを見ると、お兄さまは視線でドアのほうを指す。

本当に出ていくの!?

「アナスタシア、早く行け。今日は戻らなくていい」

今度はお父さまにそう言われてしまった。

お父さまからは、断るのは許さないという王の貫禄を感じる。

「……はい」

とりつく島もないとはまさにこのこと。

何も意見を言えずに、追い出されてしまいました。解せぬ。

◇◇◇

アナスタシアが出ていった部屋には、先ほどの雰囲気とは一転し、重い空気が流れていた。

給仕としてこの場に残っているヒマリ・メリバは、先ほどから心臓がキリキリと絞られているような気がしていた。

実際にキリキリしているのは胃だ。

「それで、アナスタシアに席を外させたということは、例の調査を終えたのか」

この重い空気の中、最初に発言したのは国王だった。

ヒマリは、無意識のうちに国王に視線を向ける。

「はい。まともなのはおよそ一割ほど。残りの九割は、仕事はしているものの、アナスタシアを王女として扱っていない者ばかりです」

ルナティーラはどこからか資料を取り出して説明する。

それに、エルクトが反応した。

「それだけか?」

「いえ。アナスタシアも気づいているようですが、装飾品や支度金にも手をつけております」

「どうやら、しばらく顔を出さぬうちに、あそこには命知らずが集うようになったらしいな」

ここまで話されれば、話題がアナスタシアの使用人についてだということがわかる。

国王は、かなり腹を立てている様子だった。いや、国王だけではないだろう。おそらく、この場にいる全員がだ。

その様子を見て、ヒマリは知らない顔も多い離宮の使用人たちを憐れんだ。

離宮の使用人たちは、普段は陛下たちと交流がないから知らないのだろう。国王も妃も王子たちも王女たちも、皆がアナスタシアを王女として扱っているどころか、妹、または娘として可愛がっていることを。

普段会いに行かないのは、時間が取れないのと、頻繁に会いに行くと、貴族の重鎮たちがうるさいからだ。

そして、アナスタシアがいない時の王家の方々の集まりでは、こんな寒々しい空気が流れることも知らないに違いない。

こんな方たちに喧嘩を売るような所業は、よほどの能無しでなければやらないことだ。

重鎮たちも、頻繁に会うのはどうかと苦言を呈《てい》することはあっても、会うなとは言わない。

そんなことを言えば、王家の方々が自分たち相手にどんな手段に出るかわかったものではないからだ。

普段からこんな姿の国王たちを見ているからこそ、王宮の使用人たちのアナスタシアへの評価は高い。彼女が来るだけで、一気に雰囲気が柔らかくなるからだ。

先ほどアナスタシアを少々強引に追い出したのは、こんな話題の会議でこの姿を隠し通せるとはお思いになられなかったからなのだろうなと、ヒマリはぼーっと国王を見つめていた。

「ヒマリ・メリバ」

「は、はい！　私ですか!?」

急に王妃であるシュリルカに指名されて、ヒマリは体を強張らせる。ぼーっとしていたから、余計に。

他の者たちは、ヒマリを同情の視線で見ている。彼らが使用人を役職名だけでなく、家名も含めて呼ぶ時は、何かしら処罰を下す時がほとんどだからだ。

ヒマリは何かしらの罰を受けるのかと、今までのことを思い返して心当たりを探した。体からは大量の汗が流れている。

「あなたは、王宮付きの使用人だったわね」

「は、はい。給仕を担当しております」

「他の仕事はできるかしら」

「……はい。洗濯や掃除も担当しておりましたので……」

処罰されると思っていたヒマリは、予想外の質問が飛んできたことに困惑しながらも答える。

自分は処罰されないの？　なぜこんなことを？　とヒマリが目を白黒させていると、王妃の言葉を継ぐように、ルルエンウィーラが聞いてきた。

「王宮の給仕の仕事は、一人抜けても平気かしら？」

「あっ、はい。毎日二人は休暇として休んでいますので、一人くらいでしたら……」

「それなら、仮としてあなたがアナスタシアの離宮の使用人になってくれる？」

質問の形ではあるものの、有無を言わさないような言い方だった。

その言葉に、ヒマリは思わず驚愕《きょうがく》する。

「わ、わ、私が……ですか？」

「あら。まさか、嫌なのですか？」

ルナティーラが冷たい視線でヒマリを見てくる。

ヒマリはルナティーラに向かって、慌《あわ》てて弁明した。

「い、いえ！　そのようなことはありません！　アナスタシアさまにお仕えできるなんて光栄です！」

ここでアナスタシアさまにお仕えしたくないなどと口走ろうものなら、明日の朝日は拝めなくなっていただろう。離宮で働いていた使用人のほとんども、クビどころか家族とすら会えなくなるのではないのだろうか。

離宮の使用人たちは、これを予想できなかったのだろうか。いや、できていたらこんな馬鹿なことはしていなかったに違いない。王家の方々の表面的な態度しか見ず、アナスタシアが冷遇されていると勘違いを起こし、アナスタシアを粗雑に扱ったのだから。

(ほんと、寿命が縮むわ。この方たちの相手は)

ヒマリは、心の中で深くため息をついた。

「あの……いつから参りましょうか」

「今からに決まっているだろう。言われなくてはわからないのか？」

「は、はい！　ただいま！」

エルクトに冷たくそう言われて、ヒマリは慌てて部屋の外に向かう。

「後は、わたくしの宮からも送っておきましょうか。人が余っておりますし」

「あっ、僕のところからもー！」

「……なら、俺も」

退出しようとしたヒマリの耳に、ヴィオレーヌ、ハーステッド、ルーカディルの声が届く。

ヒマリは怒られないうちに、さっさとアナスタシアの住む離宮に向かった。

その場に残された他の侍従たちが羨《うらや》ましそうな顔でこちらを見ていたが、ヒマリができることはなかった。

◇◇◇

晩餐会を追い出されたので、私はとぼとぼと廊下を歩く。

いまだに、なんで追い出されたのかまったくわからない。

「アナスタシアさま、どうかなさいましたか」

「いえ、なんでもないでしゅ」

私の様子がおかしいことに気づいたのか、騎士様が声をかけてきたので、私はとっさに作り笑いをしてごまかした。

あっ……そういえば……

「騎士しゃん。お名前、なんて言うのでしゅか？」

まだ名前を聞いていなかったことを思い出して、後ろを振り返って聞いてみると、真顔で返事が返ってきた。

「ダレスと申します」

「ダレしゅ……ダレスしゃんでしゅね！」

一回目は、〝じゅ〟になってしまったけど、なんとか〝す〟を意識して正しく発音ができた。

常にちゃんと発音ができるようになりたーい！

◇◇◇

離宮に戻った私は、いつもと違う違和感に首を傾げる。

圧倒的に人が少ないのだ。前は視界に必ず二人は入るくらいに使用人がいたはずなのに、今は探そうとしないと見つけられないくらいには人数が減っている。

私は、着替えを手伝いに来てくれたザーラさんに聞いてみた。

「ザーラしゃん。にんじゅうがしゅくないようでしゅが、なにかあったのでしゅか？」

呂律の回らない私の言葉もちゃんと聞き取ってくれたようで、ザーラさんは望む答えを返してくれた。

「実は、ここにいる使用人のほとんどが別の宮に配属が決まってしまいまして……まだ代わりの使用人たちが来ておりませんので、人数が少ないのです」

「なんで、しょんなきゅうに？」

「陛下の指示としかうかがっておりません。これ以上はお話できかねます」

「しょうでしゅか」

なんか、皆私の家族のことになると話したがらないというか、すぐに話題をそらしたがるというか……やっぱり私には話しにくいのかな？

——カツ、カツ、カツ。

不意に、靴音らしき音が外から聞こえてくる。

「ザーラしゃん。だれかきたみたいでしゅ」

「そうですね。出てきますので、少々お待ちください」

ザーラさんに案内されて入ってきたのは、女の人……あれれ？　この人、どこかで見たような……？

ザーラさんに連れられてきた女の人は、私を見ると、手を胸に当てて跪《ひざまず》く。

「直接ご挨拶させていただくのは初めてですので、名乗らせていただきます。元王宮勤めで給仕をしておりました、ヒマリ・メリバと申します」

「あっ！　お食事会の時にいたしようにんしゃん！」

給仕をしているという言葉で思い出した。

先ほどのお食事会で、お料理を私たちのほうに運んでいた人たちの一人だ。

……って、うん？　元王宮勤め？　あれ、今は？

「あの……なんでここに？」

「シュリルカ王妃殿下のご命令で、アナスタシアさまにお仕えさせていただくことになりました」

「おかーしゃまの⁉」

なんで？　なんでお母さまが？　もしかして、使用人たちの一斉異動はお母さまたちが関わっているの？　……いや、関わってるよね。本来使用人の管理をするのは王妃であるお母さまだもん……使用人の異動を管理するのもお母さまに決まってるよね。

でも、なんで急に異動させて新しい人を送り込んできたんだろう？

「後日、他の王女殿下や王子殿下のもとにいた使用人も送られてくると思いますが、よろしいでしょうか？」

「あっ……はい。大丈夫……でしゅ」

そのうち私は、考えるのを止めた。

◇◇◇

晩餐会から三日後のこと。

ヒマリさんの宣言通り、新たな使用人たちが送られてきた。

その使用人たちは私に優しくしてくれる人ばかり。ばかりなんだけど……

「あの～……」

私は、近くで拭き掃除をしていた使用人さんに話しかける。

話しかけられた使用人さんは体をびくっと震わせた。

「は、はい！　いかがされましたか？　アナスタシアさま」

「お水をいただけないかと……」

「は、はい！　ただいま持ってまいります！」

そのまま使用人さんは電光石火のごとく走り去ってしまった。

そう。悩みは、なぜかほとんどの使用人さんに怯《おび》えられること。優しくしてくれるんだけど、どこかぎこちないというか。

私に怯えないで接してくれるのは、ザーラさんのように元々ここの離宮にいた人たちを除けば、ヒマリさんくらいだ。

お母さまたちに何か言われたのかな～と思って聞いてみても、「いいえ、そんなことはありません」という答えしか返ってこない。

お母さまたちに何か言われたわけではないみたいだけど、私に対して怯えているのは間違いない。毎日観察していたのだから。

王族でもほとんど娯楽のないこの世界では、子どもは人間観察くらいしかやることがないんだよね。

だからこそ、仲よくしたいなと思ってるけど、怯えられている原因がわからない以上はどうしようもない。

「アナスタシアさま。ご所望のお水を持ってまいりました」

「あ、ありがとうございましゅ」

いや！　ご所望って！　そんな大それたお願いはしてないよ！　お水持ってきましたよ～くらいでかまいませんって！

そんな動揺が思わず言葉にも出てしまう。優しく微笑もうと努力しているけど、表情にも少し出ているだろう。

もうちょっと、気楽に接してもらいたい。でも、私がそんなことを言っても、「アナスタシアさまにそのようなことはできません」って返ってくるだけなんだよな……

王族である私には、気楽に接するというのは難しいことというのはわかっている。でも、あまり気張らずにリラックスしてほしいなと思う。

何か、いい方法はないかなぁ……

◇◇◇

私は、着替えをしている最中に、あることを提案してみた。

「おにわに出かけたいでしゅ！」

これは、使用人たちと仲よくなるための手段である。

私はここ一ヶ月、どうやったら使用人たちと仲よくなれるか考えた。

それで思いついたのが一緒にお出かけすればいいんじゃない？　ということだ。シンプルではあるものの、一番いい考えだと思っている。

単純だけど、一緒に過ごすこと以上に仲よくなる方法はないと思う。お互いを知ることで、真の意味で仲よくなれるはずだ。

「かしこまりました。どちらに行かれますか？」

「バラ園に行きたいでしゅ。ザーラしゃんもヒマリしゃんもみんなでいっしょに！」

「わ、私どももですか？」

一緒に私の着替えを手伝っていたヒマリさんが戸惑っている。

ぶっちゃけ、私を避けている使用人たちと仲よくなるための案だから、絶対にヒマリさんがいなくてはだめなわけではないけど、人数は多いほうが絶対に楽しいから、一緒に行きたい。

「はい。ヒマリしゃんとお出かけしたことなかったから」

「そ、そうでございますね……ですが、陛下たちともお出かけなさったことはありませんよね？」

「しょういえばしょうでしゅね」

いつも週に一度は会っているからか、あまり実感がなかった。確かに、家族とお出かけは経験ないな。

でも、今はお父さまたちよりも使用人さんと仲よくなりたいのだ！

「でも、おとーしゃまたちはいしょがしいでしゅ」

国王ともなれば、そう簡単には休めない。当然、突然出かけるなんてもってのほか。いくらお城の中とはいえ、急に予定を調整するなんて不可能だろう。

お妃さまたちは……案外なんとかなりそう。お姉さまとお兄さまも。

でも、まずは使用人さんからだ。家族とは週に一回くらいだけど、使用人たちとは毎日顔を合わせるのだから、どちらと早めに仲よくするほうがいいかと言えば使用人たちのほうだろう。

「アナはヒマリしゃんたちとお出かけしたいでしゅ！」

「そ、そうでございますか……」

てっきり喜ばれるかと思っていた私は、その微妙な反応に首を傾げてしまう。

気を遣わせてしまっているのだろうか。でも、嘘は言ってないんだけどな。

「かしこまりました。では、陛下に許可を取ってまいります」

「おにわでも許可がいるのでしゅか？」

さすがにお城の外に出るのなら外出許可はいるだろうけど、別にお庭なら報告くらいでいいんじゃない？　と思ってしまう私がいる。

それに、今までもちょこちょこ外に出てたよ？

そう思ったのは私だけのようで、ザーラさんはもちろんのこと、私の部屋の掃除をしていた使用人も私の着替えを手伝っていた侍女も「「「いります！！」」」と目力も込めて訴えてきた。

「わ、わかりまちた……」

大人三人に凄まれて、完全にビビってしまったチキンの私であった。

◇◇◇

使用人たちに提案してから三日。
いよいよ！　今日は！　使用人たちとバラ園へお出かけの日だー!!　とは言っても、庭先だから
ピクニックみたいなものだけど……
いや～……昨日が雨だったから、お出かけ中止になるのかとハラハラしたよ！
ほとんどの使用人さんがうまく都合をつけてくれたらしく、最低限管理に必要な使用人さんは離
宮に残しているものの、新入りさんの七割くらいは一緒に来てくれる。
私の離宮が小さいのもあって、前からいた使用人たちを入れても、合計は三十人くらいしかいな
いから、大した人数にはならないけど。
ちなみに、他のお姉さまたちのところは余裕で五十人は超えてるらしいからすごいよね。だから
こそ、私に使用人たちを送る余裕があったのだろう。
「あっ、あしょこかな？」
少し歩くと、きれいなバラが広がっている美しい景色が視界に入る。
いや～、ほんとにきれい！　バラなんてものを愛でるような前世ではなかったから、こういうの
は本当に新鮮だった。

それぞれのバラの前に看板が立っていて、品種が書かれている。

シェーラン

一番最初に目に入ったのはそれだった。きれいな朱色で、他のバラよりも花弁が多い。

元々、花弁が多い種類なのかも。

「青いバラとかないのかな～」

なんとなく、ボソッと独り言のように呟く。

青いバラは、地球では自然界には存在しなかった。私は結構きれいで好きなんだけど、ないものはしかたない。無い物ねだりはよくないからね。

私の独り言に答えるように、ザーラさんが答えてくれる。

「青いものはありませんが、透明なバラでしたらありますよ？」

「えっ⁉　しょうなの⁉」

透明なバラ⁉　何それ！　前世だったら存在してない！　少なくとも、私は聞いたことがないよ⁉

そんな好奇心をうずかせるバラは見てみたい！

「どこにあるんでしゅか⁉」

「こちらです」

使用人さんの案内に、私はワクワクしながらついていく。

十分くらい歩くと、隔離されているエリアがあり、そこに透明なバラがあった。

「ふぉーーー！！！」

あまりにもきれいで、変な声が出てしまった。

てっきり、一、二本くらいだと思っていたのに、そこは透明なバラがあたり一面に広がっていた。

その透明な花びら一枚一枚に陽光が当たって、キラキラと煌《きら》めいている。

私がそのバラに近づいてみると、花びらに水滴が。どうやら、透明なのもあるけど、朝露に光が当たって煌めいていたようだった。とても幻想的な光景だ。

「すっごくきれいでしゅ！」

「アナスタシアさまは、このようなものがお好きなのですか？」

近くにいる使用人さんが話しかけてくる。

……あれ？　こんな人、私の離宮にいたっけな？

まぁ、少ないといってもそれなりの数の使用人さんがいるし、私とあまり顔を合わせない仕事しかしない使用人さんもいるから、知らなくてもおかしくはないかも。

とりあえず、聞かれたことには答えることとしよう。

「キラキラしているものを見るのは好きでしゅ」

キラキラしているものが好きなの～とか言おうものなら、それをどこかから聞きつけたルナティーラお姉さま辺りから宝石とかが送られかねない。

それは、私の心臓に会心の一撃を受けるかもしれないので、お断りしたいところ。

「では、アナスタシアさまは、宝石などにも興味が？」

「見るのは好きでしゅ。買ったりはしましぇん」

宝石が部屋に置いてあるなんて、絶対に耐えられませんもの。

お姫さまだろと言われても、中身は一般ピーポーの日本人だよ？　ムリムリ。

「アナスタシアさま。そろそろお昼に」

「はーい」

ヒマリさんに呼ばれて、私はヒマリさんのほうに向かう。

「アナスタシアさまがご希望された通りに作らせましたが……これでよろしいのですか？」

「はい！　これがいいでしゅ！」

ヒマリさんが持っていた籠《かご》の蓋《ふた》をあけると、中にはぎっしりと中身がつまったサンドイッチが！

やっぱりピクニックにはサンドイッチが一番だよね！　人数が人数だから、パーティーみたいなサンドイッチの数だけどね。

実は、この国にはサンドイッチの文化がないらしいの。

それは、こういう風にお出かけする時は、ほとんどが現地のレストランなどで食べるから。つまりは、お弁当の文化がない。

だからこそ、ほとんどの食事は、手間暇かけて作られるのだ。

特に貴族は、見映えを好む。

イスに座って、テーブルの上に並べられた料理をスプーンとかフォークを使って食べるのが最低限なのだ。

そんなわけだから、この国には軽食という文化がそもそもない。祭りの日とかに、出店みたいなのがあるくらい。

それらも肉とか野菜を串に刺して豪快にだったり、一口サイズのお菓子だったりするので、それを食事にする人はほとんどいないのだ。あくまでも、間食程度なのである。

だがしかし！　私はそれを食事にしたのだ！

パンとサラダ、お肉やチーズはあるから、私がサンドイッチを提案して、料理人に作ってもらったというわけ。前世でレトルトや冷凍食品に頼ってた私でも、サンドイッチの作り方は知ってたから。

さすがに、お姫さまが直接厨房に行くのは、ザーラさんとヒマリさんを筆頭にほぼ全員に止められたので、伝言という形でレシピを伝えてもらったのです。

さすがにツナはなかったけどね。ツナサンドも食べたかったけど、ないものはしかたない。

照り焼きサンドも最高なんだけど、照り焼きもなかった。

今度、照り焼きとかも提案してみようかな。豪華な感じがするから、貴族風にアレンジすれば普通の食事としても出せそうだしね。

調味料があるかわからないけど……

照り焼きのあの甘さが最高だったなぁ……

「みんなも食べてみて～」

私はタマゴサンドを食べながらそう言うものの、誰の手も伸びない。でも、これは予想していたことなので、焦ったりはしない。

事前に考えた作戦を決行するとしよう。

私は、一人の使用人さんに視線を向ける。

私と目があった使用人さんは、遠慮なくサンドイッチに手を伸ばした。

そして、そのままぱくんと食べる。

「これ、食べやすくておいしいですね！」

そう言ってパクパクと食べて、あっという間に一つ食べきってしまった。

彼女はフウレイ。古参の侍女で、私にもわりとフランクに接してくれる。

ザーラさんには注意されているのをよく見るけど、『アナスタシアさまがそうお望みなら、ザーラたちに注意されようとも態度は変えません！』と言ってくれた。

一応、私は気にしていないとザーラさんに伝えたけど、フウレイへの注意は収まっていないようだった。

私がフウレイに視線を向けたのは、ハードルを下げるためである。

当然だけど、大抵の使用人たちはこの食事に抵抗がある。王女である私と一緒のものを食べるわけにはいかないと感じるからだ。だからこそ、私はフウレイを利用……と言ったら失礼だけど、率先して食べるようにした。

フウレイに皆が食べないようなら、味見をしてと取引していた。フウレイなら遠慮なく行ってくれると思ったからね。

フウレイは普段が普段とはいえ、侍女であることは変わらない。フウレイが食べるのを咎めたりしなければ、少しはハードルが下がるだろうという考えだ。

ちなみに、他の侍女にはさん付けしないと落ち着かないけど、なぜかフウレイは呼び捨てできる。なんでなんだろうね？

「みなしゃんもどうじょ」

フウレイが食べたのを確認して私も再び勧めてみる。

すると、フウレイが「おいしいよ～」と言いながら遠慮なくパクパク食べているので、おそるおそるといった感じではあるものの、手が伸びている。

これは、作戦成功か。一口かじると、その顔に笑みが浮かぶ。そして、食べるスピードが上がっていった。

よっしゃ！

「料理人のまかないなどにいいかもしれません」

「自分好みのものが食べられるのはいいでしょうね」

使用人たちにも好評のようだった。

誰かが言ったように、サンドイッチはアレンジがやりたい放題だ。

今回のサンドイッチも、いろいろな組み合わせのものを持ってきている。

卵をドレッシングと和《あ》えたものや、それこそチーズとベーコンを挟んで焼いてもらったホットサンドもある。

本当はハムが一番なんだけど、ちょっと切らしていたみたいだからね。『次回からはハムを使います！』と料理人が意気込んでいたとザーラさんから聞いた。

それを聞いた私が思わず苦笑いしてしまったのは内緒。

どうやら、私に味が粗末なものは食べさせられないと毒見を兼ねた味見もしたらしいんだけど、手間からは考えられない美味しさに料理人もハマってしまったのだとか。そこで、いろいろな創作サンドを作っては試食を繰り返しているらしい。

おいしいと思ったものを今後の食事に出してもらってもいいかもな。

「みんなはどれがしゅきでしゅか？」

「私はこの卵とキュウリのサラダが挟まっているものが好きです」

「私はこのチーズとベーコンを挟んだものが！」

一緒にお出かけして一緒に食べているからか、少し私に心を開いてくれているような気がする。

このお出かけは、成功だったと言えるのではないだろうか。

先ほど私に声をかけてくれた使用人さんにも聞いてみようと辺りを見渡してみるも、姿が見当たらない。

「アナスタシアさま、どうされましたか？」

「さっきの使用人しゃんがいないいんでしゅ」

「さっきの使用人というと？」

「黒髪に紫色の瞳をした人でしゅ」

透明なバラの園《その》で見かけた使用人さんの容姿を伝えると、その場にいるほとんどが首をかしげた。

「アナスタシアさまの離宮にそのような容姿の使用人はいないはずですが……」

「ハーステッド殿下の離宮にもいなかったと思います」

「ルナティーラ殿下のところもですわ」

「エルクト殿下のところもです」

お兄さまたちのところから派遣された使用人たちも次々に知らないと口にする。

ならば、元王宮勤めかとヒマリさんに視線を向けるも、ヒマリさんも小さく首を振る。

あれぇ～？　じゃあ、あの人はなんだったの？

「あっ、でも、王宮には殿下方の離宮の何倍もの使用人がいるので、顔を合わせたことがないだけという可能性はあります……」

ヒマリさんが先ほどの回答を訂正するようにそう言った。

なら、一番可能性があるのは王宮勤めなのか。でも、それならなんで私に声をかけてきたんだ〜？

使用人たちとは仲よくなれたけど、なんかもやもやが残ったお出かけだった。

第二章　次々とやってくる誕生日

あのお出かけ以来、ちょこっとだけだけど、使用人たちと距離が縮まりました。

そんな私ももうすぐ五歳、私と使用人さんたちの関係にも変化があった。

「アナスタシアさま、どこに行かれるのですか？」

珍しく廊下を一人で歩いている私が気になったのか、よく私の部屋の掃除をしているロジーさんが声をかけてきた。

「ちょっと厨房に行きたいの。しょうだんしたいことがあって」

変化というのは、これ。

以前までの使用人さんたちは、私から声をかけない限りお話はしなかったけど、最近は向こうからも声をかけてくれるようになった。

そして私は、努力の甲斐があって、使用人さんへのため口が可能となった。呼び捨てはまだ無理だけど……

ルナティーラお姉さまからも威厳が必要と言われていたしね。これでも私にとっては大きな一歩だ！

「相談したいこととは？」

「もうしゅぐルーカディルお兄しゃまとハーステッドお兄しゃまの誕生日でしょう？　だから、何か私が作ったお菓子でも渡しょうと思って！」

ルーカディルお兄さまとハーステッドお兄さまというのは、私よりも一つ年上の腹違いのお兄さまで、現在五歳。どちらも一週間後に誕生日を迎える。

それぞれ母親は別なんだけど、生まれた日が同じなので双子という扱いになっている。ハーステッドお兄さまのほうが早く生まれているので兄という扱いだ。

ルーカディルお兄さまは、ルルエンウィーラさまの息子なんだけど、神秘的な雰囲気をそのまま引き継いでいる。ルーカディルお兄さまの特徴を一言で言うなら、人形だろう。

私も初めて会った時は、冗談抜きで神さまの遣いか何かだと思ったくらい。それくらいに近寄りがたい神秘的なオーラを放っている。一目見ただけでは女の子にも見える中性的な顔立ち。それも近寄りがたい理由の一つだろう。

私にも結構よくしてくれていて、会った時には頭を撫でてくれたりする。言葉が少なくて、何を考えているのかいまいちよくわからないけどね。

そして、顔立ちや無口もあるのだけど、人形と例えた一番の理由は、お兄さまが無表情だから。

あそこまで表情筋が仕事をしない人間は初めて見た。きっとお兄さまの辞書には笑顔という言葉すら存在していないのだろうと思ったくらい。

でも、私に少しだけ口角を上げて微笑んでくれた時は、美しすぎて昇天しそうになった。

ハーステッドお兄さまは、ルーカディルお兄さまとは正反対。

アリリシアさまの息子であり、アリリシアさまの赤い瞳を受け継いでいる。髪色はお父さまと同じダークブラウン。

見た目はダークヒーローみたいな感じなんだけど、多分王族で一番明るい性格なのはハーステッドお兄さまだろう。

私も、一番話してて楽しいのはハーステッドお兄さまだと思う。

そして、そんなルーカディルお兄さまとハーステッドお兄さまも、もちろんハイスペック。

ルーカディルお兄さまは、王族一番の風魔法を扱います。なんでもかんでも吹き飛ばす。その気になれば、お城も吹き飛ばせるらしいよ？　やってほしくないけど……

ハーステッドお兄さまはオールマイティーな人。魔法は闇属性を得意としているけど、水、風、火も使える多才な人。武術も騎士とやりあえるくらいの実力はあるらしい。

器用貧乏なところもあるから、実力は他の兄姉よりも劣《おと》るらしいけど、十分すぎるほどに強いと思う。

そして、そんなお兄さまたちもまもなく六歳となるので、私も何かプレゼントしようかなと思っている。

今までは、あの少ない予算で用意できるものはなかったし、誰かにあげたりとかはしなかったけど、今年から始めてもいいかなと思っているんだ。

ちなみに、偶然か必然かはわからないけど、私を含めた王子と王女の誕生日はこの一ヶ月に固まっているので、この月は生誕祭として、平民でも各地で様々なお祭りが開催されるらしい。

意外だったけど、この国では王家は平民にも人気らしいね。だからこそ、やれと命じているわけではないけど、生誕祭やってるんだって。

もちろん、お祭りによってそれぞれ開催期間は違うけど、この一ヶ月はどこかではお祭りをやっているというお祭り月である。

どこか一つでも見に行きたいなぁ。私はプレゼントの用意で忙しいから難しいけど……

そんなわけでお祝いの用意をしているのだけど、宝石とかそんなのは他の人たちから嫌になるほどもらっているはずなので、私はお菓子にしようというわけだ。

刺繍《ししゅう》入りのハンカチとかも考えたんだけど、人様にあげるどころか、見せられたものじゃない腕前なので、それは論外なのだ。

「アナスタシアさまが厨房に入られるのは……」

私の言葉にロジーさんが唸る。

あー、やっぱり止められちゃいますか。サンドイッチでも止めてきたもんね。

でも、ちゃーんと考えてあるよ！

「じゃあね、デコレーションとかでいいから」

「デコレーションですか？　ですが、それは……」

ロジーさんはダメとは言わない。でも、オーケーとも言わなかった。

オーケーと言わないのは、デコレーションが難しいことだとロジーさんも知っているからだろう。

つまりは、私が失敗しまくって食材を無駄にするのではないかと思っているのだろう。そもそも、厨房に入れたくないという思いもあるんだろうけど。

それなら安心したまえ。私も自分が器用ではないことくらいは理解している。

失敗したものは私が責任を持って食べ……こほん。処分しますし、本当に簡単な飾りつけしかしないつもりですので。

「上に乗せたりしゅるだけだから！」

「……では、ザーラさまにお聞きしましょうか」

くそっ！　簡単には事は運べないか。

ザーラさんに相談されれば、即決でノーに決まってるのに！

理由はわかるよ？　王女である私にそんなことはさせられないというのはわかる。

でも、すべて他人にやらせておいて、誕生日プレゼントって言って渡すのは違うと思うんだ。少しくらい自分も関わるべきだと思う。

それこそ、プレゼントの包装だけでも。

でも、そんな理屈なんてザーラさんには通じないだろうなぁ。

そう思っていたのだけど、ザーラさんから自分たちも同席させるなら可とオーケーが出ました。

◇◇◇

三日後、私はお菓子を持ってルーカディルお兄さまの離宮へと向かっていた。

厨房入りを許可した理由は、ダメと言ってもこっそりとやりそうだからというのが理由らしい。

うん。やったと思う。

厨房の準備に時間がかかったために、お菓子の完成が想定より遅くなってしまったけど、とりあえず誕生日までに間に合ってほっとした。

これからも厨房に行ってもいいけど、人を連れていくようにと約束させられました。

ザーラさんのほうが強いよぉ……私、王女なのに……

持っているお菓子はクッキー。

さすがにケーキのデコレーションとかは難しいだろうということで、クッキーの形作りをさせてもらった。

生地を作るのは料理人がやったけど、成型は料理人に教えてもらいながら私がやった。その中で、出来がいいものを、籠に入れて布を被せて持っていっている。

使用人さんは一人だけついてきているよ！　『アナスタシアさまをお一人にさせることなどできません！』ってザーラさんを筆頭にほぼ全員が言ってきたからね……過保護すぎるような気もするけど、まだ四歳だからおかしくはないのかな。

そんなわけで、プレゼントの籠は使用人さんが持っている。そのため、私は手ぶら。

う～ん……なんか違和感があるなぁ……でも、頼んだところで持たせてくれないからな。

◇◇◇

まだ誕生日ではない。正確には、一週間は先のはずなのに、直接祝いに来られない貴族たちから送られたと思われるプレゼントを積んだ馬車がお兄さまの離宮まで来ていた。

そのプレゼントは様々で、装飾品も見えていた。

おぉ……ぶるじょわーる。お金持ちの誕生日は違うね～。

……へ？　私？　うん。逆に届くと思う？

兄妹格差で悲しいような、お兄さまが人気で嬉しいような、複雑な現実を目の当たりにした私は、荷物の選定をしている使用人さんに声をかける。

「ねぇ、ルーカディルお兄しゃまって、ここにいる？」

「あっ、はい。いらっしゃいますが……ルーカディル殿下にご用がおありですか？」

「うん！　お兄しゃまに渡したいのがあるの」

「かしこまりました。お伝えしてきますので、少々お待ちを」

声をかけた使用人さんは、慌てて宮の中へと入っていった。

うむ。事前にアポを取るべきだったな。失敬失敬。次からは気をつけよう。

使用人さんが帰ってくるまで暇なので、私は近くに置いてある荷物を見る。

「ねぇ、あれって、全部ルーカディルお兄しゃまへの贈り物だよね？」

「ええ。そのはずです。国中の貴族がプレゼントを送ってきているはずですから、この量になるのも当然かと」

国中⁉　まじで⁉

芸術品とかの価値のあるものには詳しくない私でも、このプレゼントの山がそのままお金の山なのは理解できる。

なんか像みたいなのもあれば、絵もあるし、高級そうな生地みたいなのもある。

これが、みーんな貴族たちから……あわわわ……

「何か、ほしいものでもあるか……？」

「わっ！」

急に後ろから声をかけられて、私は驚いてしまった。

後ろを振り返ると、耳を塞いでいる白金の少年が。ルーカディルお兄さまだ。

後ろから慌てて先ほど声をかけた使用人さんが走ってくるのを見ると、どうやら使用人さんを振りきって私のところまで来たみたい。

「ほしいものって……これらはお兄しゃまへの誕生日プレゼントでしょう？」

「勝手に送ってきただけで、俺は頼んでない……」

いや、そうかもしれないけど。

でも、きっと真剣に考えてくれたであろう誕生日プレゼントをいらないという理由で妹に渡すのはどうかと思うんだ。

ほら、追いかけてきた使用人さんも困ってる感じだよ。

「せ、せめてありがとうくらい返しても――」

「それだと、俺がそのプレゼントを気に入ったととられる……ひいては、その家を気に入ったととられてもおかしくない。面倒なのは増やしたくない……」

声はボソボソとしながらも、淡々と無表情でそう言うお兄さまに、私は苦笑しかできない。

「しょ、しょうでしゅか……」

この人、ほんとに五歳児ですか？　成人まで生きていた私よりもかしこいよね、絶対に。

この国の貴族、レベル高すぎだよ……お兄さまたちが異様なのかもしれないけど。

「それで、アナスタシアは何をしに来た……？」

あっ、そうだ！　本題を忘れちゃダメだよ！

忘れちゃダメなんだけど……この豪華絢爛《ごうかけんらん》な誕生日プレゼントをもらってる兄に私の粗末なものを渡してもいいものか……

「あのね、私もプレゼント持ってきたんだけど……」

「その籠のものか？」

ルーカディルお兄さまの視線が使用人さんが持っている籠へと向かう。

「うん……」

だんだんと自信がなくなってきたよぉ……いや、元からあまり自信はなかったんだけどさ……もうそのまま帰ろうかと思い始めた時、お兄さまが無言で籠を取り上げる。

使用人さんは、当然ながら抵抗などしない。

そして、布を外した。

「これは……クッキー……？」

うにゃあ……見られた。

ルーカディルお兄さまはピクリとも表情が動かないから、不機嫌なのか戸惑っているのかもわからない。

私がお兄さまの様子をうかがっていると、お兄さまは静かにクッキーを口に含んだ。

生地は料理人が作ったから、まずいことはないと思うけど……どうだろうか？

「……うまい」

ルーカディルお兄さまは、静かな笑みを浮かべてそう言った。

私はというと、しばらくフリーズしてしまう。しばらくして、現実に戻ってきた。

や、やばい……興奮した。いやや、やばい意味ではない！　やばい意味ではない！

この人の微笑みはダメだ……虜《とりこ》にするを通り越して、信者になってしまいそう。

「……これは、作らせたものか？」

「えっ、あっと……成型は、私が……生地は料理人でしゅけど……」

「……そうか。すべてもらおう。茶を淹《い》れさせるから、飲んでいくといい」

「あっ、は、はい！」

とりあえず、不機嫌になってはいなかったみたいでほっとした。

豪華なプレゼントには及ばなかったかもしれないけど、お兄さまが喜んでくれたみたいだから、結果オーライかな。

◇◇◇

ルーカディルお兄さまのところでお茶をいただいたところで、私は離宮へと帰ってきた。

私についてきた使用人さんは、お茶を飲み終わるまで、ずっとプレゼントの仕分けしてくれてたんだって。なんか申し訳ない。

まぁ、それは置いておくとして、ルーカディルお兄さまとハーステッドさまの誕生日の三日後はエルクトお兄さまの誕生日だ。

ハーステッドお兄さまはルーカディルお兄さまと同じクッキーと決めているけど、エルクトお兄さまに渡すのは憚《はばか》られる。

エルクトお兄さまは、あまり甘いものが好きじゃないから。

でも、刺繍は百億パーセント見せられたものじゃないし、それ以外にプレゼントにできそうなものが思いつかない。

あのプレゼントから考えると……絵、とか？

描いたことはないけど、絶対にへたくそになる未来しか見えない。

絵は描くものじゃなくて見るものなの！　絵はうまい人が描けばいいのだ！　そんな考えでいたから、へたっぴなんだよね。

ああもう！　なんで誕生日がこの月に集中してるの！　お陰でたくさん考えないといけなくなるじゃない！

「もう、みんなクッキーでいいよね……」

あと四人分、それぞれ別で考えるのが難しかった私は、全員同じものとすることにした。

さすがにまったく同じというわけにはいかないから、味つけとか飾りを変えればいいだろう。

安直かもしれないけど、私は四歳児なんだから、豪華なものは用意できなくてもしょうがないの！　しょうがないんだから！

「ということでもう一回お願いしましゅ！」

「何がということで、になるのかわかりません」

帰ってきた私は厨房へと突撃して、クッキーの成型を教えてくれた料理長であるルックさんのところへと来ていた。

……えっ？　勝手に来ていいのかって？　王女である私に行ったらダメな場所なんてないもんね～。

この料理長は、新しく来た人。前の料理人さんは知りません。会ったこともないし。

この人は、料理人としてのプライドはあるけど、厨房に入ってきても邪魔しなければ怒らない。見学は歓迎という人だ。

使用人さんにも料理を教えてほしい人には教えているみたいで、たまに私に手作りのお菓子の差し入れがあったりする。

虫歯になるという理由で、九割はザーラさんに没収されるけど……

それでも、ザーラさんも私の涙には弱いので、涙を見せれば『仕方ないですね』と言いながら、没収したお菓子を少し渡してくれる。

「エルクトお兄しゃまに渡そうと思うのでしゅ」

「う～ん……エルクト殿下はあまり甘いものは好まれなかったと思いますが……」

「そうでしゅよね……」

やっぱり、刺繍を頑張るしかないのか……？

でも、三日……当日に渡すとしても、一週間くらいじゃ無理だ！

素敵なデザインばかり見てきて、目が肥《こ》えているであろうお兄さまに、素人以下の刺繍なんて渡せるわけがない！

「甘くないものならいいかもしれませんが、それだと普通の料理と変わりませんし」

「私が頑張って腕を磨くしか……」

すまぬ、お兄さま。素人以下の刺繍で我慢してくれ……！

「あまりお力になれなかったのにすみませんが、少しお願いしたいことが」

「なんでしゅか？」

料理長が私にお願いとは珍しい。

クッキー作りの時に、姫さまは厨房には入らないでください！と言ったきりじゃない？

「実は、注文にミスがあったようで、想定以上のチーズが届いてしまいまして……」

料理長が少し奥のほうに連れていってくれて見せてくれたのは、食料が入った倉庫的なもの。

お城には頻繁には商人が来られないので、鮮度が保てないものや、数が多いものは保存の魔法をかけた倉庫に入れるのが普通なのだとか。お兄さまたちの宮にもそれぞれあるんだって。皆の好物の材料が多いから、倉庫にも個性がある。

私の離宮はあのお出かけ以来、サンドイッチパラダイスのため、サンドイッチに合う具材が増えたんだよね。

もちろん私の食事は、毎日ちゃんと変えてくれている。サンドイッチが出てくることもあるけどね。

「これをなんとかしたいの？」

「はい。チーズは多少の日持ちはしますので、今すぐというわけではないのですが、あまり料理にすることもなく……」

「あぁ……ここだとそうだね」

チーズは、庶民には安価で人気だ。

でも、貴族となるとそうでもない。もちろんチーズが好きだという人もいるけど、お客様に出したりとかはしない。チーズは見映えが悪くなると考える貴族がほとんどだから。

そんでもって、王宮とかの食事も見映え重視なので、余ってるからあげるよ～なんていうのがチーズではできないのである。

料理人が賄いとして食べるには、調理に時間がかかっちゃうしね。

つまりは、この余っているチーズをなくすには、それなりに見映えが悪くならないものを考えて、レシピごと王宮とか、他のお兄さまたちの離宮に押しつけるのが一番だ。

言い方は悪いけど、それが無駄にしないのには確実な方法。

「アナスタシアさまのあのサンドイッチのように、何かお知恵をいただけないかと……」

確かに、ここは材料は豊富にある。

レシピはそもそも発想の勝負だ。サンドイッチだって、元はパンにサラダを挟んだだけで、難しいことは何もいらないし。

ルックさんたちも知っているような調理方法で、見映えもそこまで悪くなくて、おいしいもの。

見映えは問題ない。見た目が嫌なら、中に入れちゃえばいいから。

問題は、調理方法と味。

(どうせなら、お兄さまに誕生日プレゼントと称して渡せるのがいいなぁ……)

そんなまったく関係ないことを考えていたのが幸運だったのか、アイデアが浮かんだ。

「チーズケーキを作ってみたら？」

私の言葉に、料理長は戸惑っている。

「チ、チーズケーキ……ですか？　チーズをケーキに？」

料理長の戸惑いは当然のことだ。

チーズは料理……正確には、メインディッシュやサラダに使うもの。デザートに使うなんて考えはまずない。

それが、この世界の常識である。

でも、この世界の非常識は、地球では常識的なこともあるのだ。私は、なんらおかしいことを言っているとは思っていない。

「うん。さすがに、何の飾りもないとみばえは悪いだろうけど、クリームでデコレーションしてしまえば、見た目は普通のケーキと何も変わらないから」

チーズケーキに使うのならクリームチーズが混ぜやすさの観点では一番いいんだけど、チーズなら何を混ぜても大抵は合う。

味の違いとかはあるけど、まずくはならないはずだからね。

「ケーキの生地を作る途中に混ぜるだけだから、かんたんだと思うよ。ほんとはクリーム……やわらかいチーズのほうが向いてるけど、できなくはないから」

「そうですか……では、一度試してみます」

「できたらエルクトお兄しゃまに持ってくからおしえてね！」

「エ、エ、エルクト殿下にですか⁉」

私がエルクトお兄さまの名前を出すと、料理長さんは震え出す。料理長だけじゃなくて、周りの料理人もぎょっとしていた。

えっ？　そんなおかしなこと言った？

「ダメなの？」

「わ、私の粗末な試作品を王子殿下にお出しするわけには……」

「私も王女殿下ですよー？」

なんてったって、エルクトお兄さまの妹なんですから。腹違いだけど。

「あぁ……アナスタシアさまは少女式を終えてませんし、それにエルクト殿下とはちょっと……いや、かなり違いますので」

「ちょっと！　しょれってどういう意味でしゅか！」

ちがう!?　どこが……あっ、うん。ちょっと。ちょっとスペック的な問題でちがいますけど、でも、料理長はそんな目で見ないと思ってたのに！

しかも、お兄さまにだけ殿下なのはなぜ!?

「おじしゃんも私が魔力なしのへっぽこでポンコツで穀潰《ごくつぶ》しの姫もどきだと思ってるんでしゅね!?」

「いえいえいえ！　そんなことはまったく思ってませんよ！　そんな悲しい自虐《じぎゃく》はしないでください！　そんなこと言うなんて、今までどんな扱いされてきたんですか！」

「仕事をお願いしゅるとため息をつかれたり、冷たいししぇんで見られたり、腕をつかまれたりとかかなぁ。後は、多分よしゃんの横領も……？」

最後のは知らないけどね。でも、お母さまは知っていたみたいなことをルナティーラお姉さまが言っていたし、罰則はあったんだろう。

さすがの鈍い私もね、ここまで来たらなんかの罰でお城から追い出されたのかなというのはわかりますよ。

ほんと、よく生きられたものだ私。ザーラさんたちがいなかったらお陀仏《だぶつ》だったかも。

でも、お母さまたちは知っていたみたいだし、私が死ぬ前に救出してくれたかもしれないけどね。

「だから私がここに送られたんですか……」

「しょうなんじゃない？」

私があっさりとそう言うと、料理長は気まずそうな顔をする。

そんな顔をされましてもね〜。私はこういうタイプなんで。

まぁ、なんでお母さまたちはあの使用人さんたちを放っておいたのかなというのは気になってはいるのですが。

ふざけるなというよりは、純粋な疑問だ。私って、それなりには家族の一員として見られているみたいだし、あの扱いが当然と思っていたわけではないみたいだから、何でなのか気になる。

誕生日プレゼントを渡すついでに、エルクトお兄さまに聞いてみるか。

「しょれで、お兄しゃまにあげるのはダメなの？　チーズケーキはクリームでデコレーションとかしなければあまり甘くないから、お兄しゃまでも大丈夫だと思うけど……」

そりゃあ、砂糖を入れるから、ちょっとは甘くなるだろうけど、チーズで中和されて、そこまで甘さは感じないと思うから、スイーツ苦手な人でもいけるやつだと思う。

「そうですね。では、アナスタシアさまが直接お渡しになってください。それならばお食べになってくださるはずですから」

なんで私が渡しただけで？　と思ったけど、最初からそのつもりだったから、何も言わずに頷いた。

ケーキだけに頼らないで、私も刺繍とか頑張ってみよう！

今年は無理だったとしても、来年の誕生日にはプレゼントできるくらいの腕前にはなるかもしれないし。

「それじゃ、チーズケーキができたら試食しゅるから、また呼んでね！」

私は、そう言って厨房を出ていく。

これで差し入れ的なのはオーケー。後は、刺繍だけだ。

「今日はずっと特訓だー！」

気合いを入れる意味も込めてそう叫んでしまったせいで、周りの使用人さんが慌てふためいていた。

正直、すまないと思っている。だが、後悔はしていない！

そうやってふざけていた当時の私は気づかなかった。

背後から、こちらを見つめる人影に――

◇◇◇

翌日、料理長お手製のチーズケーキを持って、今度はハーステッドお兄さまのところに来ていた。ルーカディルお兄さまの時の反省を生かし、ハーステッドお兄さまに事前のアポをとっていたので、すんなりと通される。

今はハーステッドお兄さまがちょっと急用でいないらしく、私が来たら部屋で待っててもらうように言われたそうだ。

そこで私は、のんびりと椅子に座りながら待っている。チーズケーキはとっくに使用人さんに渡している。

ちなみにハーステッドお兄さまのところも、プレゼントがたーくさん届けられていました。そんな気はしていたけども。

「アナスタシアさま。茶葉はいかがしますか?」

私がのんびりしていると、気を利かせてくれたのか、使用人さんが茶葉を持って来てくれた。お茶を淹れてくれるらしい。

「一番手前のやつちょうだい」

私が指差すと、使用人さんは手慣れた手つきでお茶を淹れる。さすが本職。

私があのレベルになるまで何年かかるだろうと考えながらお茶を淹れる様子を見ていると、廊下から誰かが走ってくる足音がする。

「ごめん! 待った?」

「そんなに待ってないから大丈夫です。ハーステッドお兄しゃま」

走ってきたのは、ハーステッドお兄さまだった。ハーステッドお兄さまは、私を椅子から抱き上げて、抱っこする。

「アナ〜！　もうこんなに重――」

「おもくないでしゅ‼」

私は、失礼なことを言ったお兄さまの頭に、そう言いながらチョップを入れた。

お兄さまは「あだっ！」と言いながら痛がっているけど、たかが四歳児のチョップ。大したことはないだろう。でも、お兄さま。乙女に重いは失礼すぎだ。

「ごめんごめん。大きくなったのほうがよかったね」

お兄さまは、私のチョップにも怒ったりはしない。むしろ、お兄さまのほうが先ほどの発言について謝るくらいだ。

これだけでも、表向きの立場はお兄さまのほうが上でも、使用人たちにとっては、私のほうが上に見えるだろう。

普通なら、私にお兄さまが謝る必要はなく、むしろ私がチョップを入れたことを土下座レベルで謝罪すべきだ。

「でも、アナ。アナのところの使用人がいないけど、一人で来たの？」

「うん、そうだけど……」

何かいけませんでしたかね……？　お家の中だからと思ってたんだけど。

「これからは一人……いや、二人……五人くらいは連れてきて。ここは危ないから」

「でも、お城の中でしゅよ？」

「だからこそだよ。僕だったからよかったけど、ヴィオレーヌ姉上とかだったら正座で二時間は説教されてたよ？」

「しょ、しょうなんでしゅか……！」

ヴィオレーヌお姉さまの説教なんて、絶対に受けたくない！

「今日は僕が送ってあげるから。これからは気をつけるといいよ」

「うん……」

私はお兄さまに自分の住む離宮まで送ってもらった。チーズケーキの感想、聞きそびれちゃったな……

◇◇◇

チーズケーキと刺繍したハンカチを持って、れっつらエルクトお兄さまのもとへ！

ちなみに、エルクトお兄さまの誕生日当日です。

ザーラさんたちに手伝ってもらいながら、刺繍をしていたので、ギリギリになりました。でも、なんとか形になるものはできた気がする。

ルーカディルお兄さまとハーステッドお兄さまにも、昨日追加のプレゼントとして渡しに行った。

ハーステッドお兄さまは「ありがとー！」と言って抱きついてきて、ほんわかするだけで終わったけど、ルーカディルお兄さまは「大切に使う」と微笑まれたことで、昇天しかけました。

ルーカディルお兄さまの笑顔は本当に凶器だよ……

ルルエンウィーラさまとルナティーラお姉さまがやってもそこまでにはならないのに、なんでルーカディルお兄さまだとこうなっちゃうんだろうなぁ。

さて、そんな回想をしていたら、お兄さまの宮へと到着！

今回はちゃーんとアポをとったので、何の問題もなし！

「アナスタシアでしゅ……って、お兄しゃま！」

お兄さまの宮から出てきた人に声をかけたら、まさかのご本人でした。

「やっと来たか。それで、何の用だ？」

どうやら、私が来るから、お出迎えをしてくれたらしい。

私は、持っている籠を見せる。

「お兄しゃまにチーズケーキとハンカチのプレゼントでしゅ！」

「……ちーずけーき？」

聞いたことのない言葉に、お兄さまが首を傾げている。

ふっふっふ。これは料理長の最高傑作ですぞ！　お兄さまも感動するに違いありません！

「チーズを混ぜたケーキでしゅ！　私の宮でチーズをたくさん頼んじゃって、それを消費しゅるために考えたものでしゅ」

「……そうか。菓子ならば、茶を淹れさせるから、中に入れ」

「はーい」

エルクトお兄さまもお茶を出してくれるんですね～。ここのお茶っておいしいもんね。お城だから当たり前かもしれないけど。

まぁ、それはそれとして――

私の視線は、お兄さまから少し右にずれる。

「エルクトお兄しゃまも人気でしゅね……」

私の視界には、ルーカディルお兄さまに負けないくらいのプレゼントの山が映っている。

悲しくない。悲しくなんかない。なんか目から流れている気がするけど、多分気のせいだから！

「あれは、俺に媚《こび》を売りたいだけだろう。適当に置いておけばいい」

おいおーい!!

なんでここのお兄さまたちは皆こうなんだよ！　まだちゃんと受け取るだけエルクトお兄さまはましかもしれないけどさ。けどさ、もうちょっと純粋な心を持とうよ！

この調子だと、他のお兄さまたちもこんな感じのこと言いそうだ……

エルクトお兄さまの私室に案内されて、私はお兄さまとお茶会を始める。

とは言っても、キャッキャウフフはしていない。

ただ一緒に、お茶を飲んでいるだけだ。

お兄さまは一切れでいいらしいので、私もチーズケーキを食べている。

う～ん、最高！　私の雑なアドバイスでよくここまで仕上げてきたなと感心してしまう。

「味は悪くないが、見た目が素朴《そぼく》すぎるな。王宮にふさわしいとは言えない」

「デコレーションとかしてもダメでしゅか？」

「普通のケーキと違い、チーズの味があるからな。下手なものだと、チーズの味を殺しかねない。

それならば、チーズを入れる理由がないだろう」

うーむ……確かに。デコレーションでチーズの味が消えちゃったら、それ普通のスポンジケーキでよくね？　ってなるよね。

チーズを消費するためだけなんだからいいじゃん！　って思わなくもないけど、チーズを入れなくて済むなら、入れないかもしれないんだよな。

お兄さまたちはそんなことしないと思うけど、料理人たちはどうだろうか？

貴族や王族に雇われている料理人たちは、料理を気に入ってもらえなければ、即刻クビになってしまうかもしれない立場だ。それならば、新しいレシピを考えるという冒険なんてしないだろう。

だって、気に入っている料理を出し続ければ、お金がもらえるんだもん。

それも、チーズケーキとかサンドイッチが生まれなかった要因でもあるかもしれない。

それらを貴族たちが求めていないから、料理人も作ることはない。

私の離宮の人たちだって、気軽に食べられる賄いくらい作っていただろう。でも、それを間違っても私に提供することはしないはずだ。

私がサンドイッチを作ってと言ったから、料理人たちは言う通りにしたのであって。別に勧めてきたわけではないのだ。

それならば、そんな料理人たちが何かチーズを使った料理を喜んで作るだろうか？

答えは否。作らないだろう。

主がチーズ好きでもない限り、ほとんどは私の時みたいに頼まれなければ作らない。

だからこそ、今回のようなプチ騒動が起きてしまったのだろうけども。

私が、ホットサンドとしてチーズを使っちゃったからね。

「なら、デコレーションを控えめにしゅるとか？」

「俺たちがそう言えば料理人たちは作るだろうが……気が気ではないだろうな」

うむ。確かにその通り。

特に王子さまらしいお兄さまが素朴なものをと頼んでも、料理人たちの心臓はバックバクだ。

本当にこれでいいのか？　もうちょっとやったほうがいいんじゃないか？　でも、あまりやりすぎると、要求から外れてしまう……

　こんな風に悩み倒す料理人たちの姿が容易に想像できる。

　サンドイッチを作った時だって、私が直接頼んだのに、ピクニックについてきた使用人さんまで不安そうにしてたくらいだし。

「まぁ、先ほども言ったが、味は悪くない。貴族には難しいかもしれないが、平民に広めることはできるだろう」

「あっ……私は余っているチーズをもらってほしかっただけなんだけど……チーズケーキはあくまできっかけで……」

　そう。私はレシピで知識無双をしたいわけではない。

　あのチーズの在庫を消費したいだけなのだ。

「ならば、それこそ平民や騎士団の連中に施《ほどこ》しでもすればいい。炊き出しなどは、ルナティーラやシルヴェルスも私費を使ってやっているしな」

「しょうなんだ……」

　まったく知らなかったよ。お姉さまたちがそんなことをしていたなんて。

　こういうことをしてくれるから、王家は平民に人気があるのかな？

「考えてみましゅ」

「ああ。それと、あいつらも欲しがるだろうから残しておくといい」

「あいつらって？」

「俺とヴィオレーヌを除くお前の兄姉や妃たちだ。名前を言うなら、ルナティーラ、シルヴェルス、ハーステッド、ルーカディルたちと、シュリルカ妃、ルルエンウィーラ妃、アリリシア妃か」

アリリシアさまは実のお母さんなんだから、母さんとか言えばいいのにと思ったけど、それは心の中に仕舞って、理由を聞く。

「なんで欲しがるの？」

別に、チーズとレシピならあげるから、料理人に作ってもらえばいいのに。

「〝可愛い妹〟や〝可愛い娘〟からもらうものなら、そこら辺の雑草ですら喜ぶような奴らだからな」

「そんなことは――」

ない、とは言いきれなかった。

なんか、本当に喜びそうなんだもん。特に、ルナティーラお姉さまとルルエンウィーラさま辺りは。

ちょっと気まずくなった私は話をそらす。

「か、家族を奴呼ばわりはよくないと思いましゅ……」

「奴らには奴で充分だからな」

「ええ……」

もしかしてだけど、エルクトお兄さまってあんまり家族のことが好きじゃない？

確かに、エルクトお兄さまが家族愛に溢れているところなんて想像できないけど……でも、皆仲がいい家族だと思っていたけど、ちがうのかな……

「……だから、私のことも放っておいたの？」

気がついたら、この言葉が口から出ていた。

ヤバいと思ってももう遅い。この発言は、まるまるお兄さまに聞かれてしまっている。

「……やはり、腹を立てているのか？」

「う、ううん！　そうじゃなくて……」

別に、怒ってはいない。お兄さまたちの立場なら仕方ないことだと思っているし、それに不満を感じたことはない。

だから、怒ってはいないけど……

「別に、お前のことをどうでもいいと思っているわけではない。ただ、今まではあまり首を突っ込めなかっただけだ。だからこそ、自分で対処するのを望んでいた」

「私が……？」

そういえば、ルナティーラお姉さまがそんなことを言っていたような気がする。

王女として対処してほしいからあえて静観していたのかなと思っていたけど、それだけではなさそう？

「なんで無理だったのでしゅか?」

「お前を王位継承権最下位にし、離宮に隔離することで、俺たちと区別していると貴族に示してみせたが、どこにも妙な勘繰りをする奴はいるんだ」

「勘繰り……?」

「つまりは、お前を贔屓しているから、廃嫡を行わなかったと考える奴がまだ一定数いたということだ。特に、ルーメン派閥の奴らがな」

「ルーメン派閥……というと、魔力主義の?」

私が聞くと、お兄さまはこくりとうなずく。

魔力主義というのは、魔力の強さや量がすべてという考えのこと。

この国にも貴族らしく、派閥というのが多くある。その中でも、大きめの派閥が三つあるんだけど、その一つがルーメン派閥。

ルーメンというのは、亡国の名前。

昔、戦争があってルーメン王国が滅び、私たちの国……レニシェンの一部となった。

ルーメンは魔法使いが多く、平民にも溢れていたのだけど、ある時を境に、アルウェルト王家……つまりは、レニシェン王国の王家がチート級の力を持つようになってしまい、ルーメンを圧倒するようになってしまった。

アルウェルト王家はあまり争いを好まなかったんだけど、ルーメンのほうから喧嘩を吹っ掛けられたので、戦争して国ごと滅ぼした。

そんなことをすれば恨まれるんじゃないのと思うけど、戦争前からルーメンは腐敗し始めていて、反乱が起こるのではと言われていたほどの国だったらしく、平民の間で私たち王家はむしろ英雄と称えられているらしい。

それから、ほとんどの貴族は爵位を取り上げられちゃったんだけど、平民からそれなりに支持があった一部は、そのままレニシェンの貴族となった。それがルーメン派閥の始まり……と、私のリカルド先生からは教わっている。

つまりは、魔法が絶対の環境で育ってきた人たちだから、魔力がカスのお姫さまを心からは認められないということだ。

認められないというよりかは、なぜ姫としておくかわからないといった感じ。一応、姫としては認めてはいるのだ。一応ね。

「奴らは、ほとんどが小心者だ。影で叩いても、堂々と排除しようとする者はほとんどいない。ほとんどな」

お兄さまは、何度もほとんどと繰り返す。

つまりはいるのだ。過激な人たちも。私をなんとか排除しようとする者も。

小心者というのは、元ルーメンの貴族がほとんど。私はかつて戦争でぼっこぼこにされた王家の一人だから、あまり表立って言うのは怖いのだ。

ルーメン派閥は、王家の強さを一番理解している派閥と言えるだろう。

でも、中にはルーメンの貴族じゃないルーメン派閥の人間もいるわけで。その人たちが過激になっているんだろう。

「しょれで、私を放っておいたの？」

「そうだな。離宮に隔離しながらも、俺たちが顔を見せないことで、魔力のないお前を重要視していないが、王家の血をおいそれと野に放てないという言いわけが通用する」

「えっと……そうしゅるとどうなるのでしゅか？」

「王家が血を重要視しているように振る舞った場合、ルーメン派閥の奴らは、俺たちの力が血筋に大きく関係していると考えるわけだ。すると奴らは何を企むと思う？」

「……わかりましぇん」

四歳児が答えられると思ってるの？

……いや、思ってるんだろうな。お兄さまたちなら絶対に答えられるから。

というか、うすうす思ってたけど、四歳と話す内容じゃないよね？

「お前を自分たちの派閥に取り込もうとする。自分たちの血を引く、強い魔力を持つ子どもを手に入れ、家門の力を強めるためにな。そうやって、使い道はあると思わせたほうがましだと思ったから放置していたんだ」

どぇえええ!?

それってつまりは、結婚させようってわけだよね⁉　話がぶっ飛びすぎだって！

「まあ、魔力が強い子どもが欲しいなら、別に俺たちでもいいわけだが。婚約者もいないしな」

「えっ？　しょうなの？」

王子さまや王女さまだから、とっくにいるものだと思ってたよ。

「下手に下級貴族と繋がるわけにはいかないし、別に同盟を強める必要もないから、他国に行く必要もない。となると、余っているのがあまりいなくてな」

「いや、それなりにいると思いましゅけど……」

お兄さまの言う通り、下手に王族が下級貴族に嫁いだり婿入りしたりするわけにはいかない。

王家の血はおいそれと広められないから。

でもね、上級貴族である伯爵以上って、結構いた気がするんだけど。この国でも、五十人はいたと思うよ。お兄さまと婚約しても問題ないご令嬢。

「訂正する。まともなのがいない」

もっとひどくなった⁉

「話を戻すが、俺たちは下手に婚約関係を結ぶことは難しい。俺たちに結ぶ意志がないというのもあるが、俺たちも立場上、警戒心は強いと自負している」

「でも、なんとか婚約させることはできるんじゃ……？」

そんなこともできないのなら、世の中から政略結婚は消えてしまうと思う。

「できなくはないだろう。だが、奴らは傀儡《くぐつ》を欲している。警戒心が強い俺たちは、あまり思い通りには動いてくれない。となると、王家で一番操れそうなのは、お前というわけだ」

「わ、私でしゅか？」

「放置されているという噂が立つと、お前は世間知らずの王女として見られる。実際に、社交界にも出ていないしな。警戒心の強い俺たちと、世間知らずのお前。どっちが操りやすいかと言われれば後者だろうな」

えーっと？

話をまとめると、世間知らずだと思われている私は、王女として尊敬する価値はないけど、私の中に流れている王族の血筋が、金の卵を生む可能性を秘めている。だから、お嫁さんにもらって、強い魔力を持つ子どもを手に入れようとしてる。

ついでに、私をそそのかして王家を……ってところ？

「つまり、私は子どもを産むためと、王家への口出しのためだけに求められてるのでしゅか？」

お兄さまにファイナルアンサーをしてみると、お兄さまはためらいもなく肯定する。

「そうなるな。お前を傀儡の王にするという考えもあるかもしれないが」

そんなのは嫌だ！　私は異世界をエンジョイしたいのに！　何が悲しくて出産マシーンにならなければならない！

というか、重い！　話が重いよ！　女王さまにも絶対にならないから！

「だが、それはお前を婚約させせなければいいだけだ。王位継承権も最下位だから、俺たちが殺されない限りはお前に王位が回ってくることはない。命を狙われ続けるよりは、利用価値があると思われるほうがましだろう」

「それはしょうだけど……」

それもそれで嫌なんだよなぁ。私を放っておいてくれれば、言われなくてもずっと無害でいるのに。

それは世間が許さないということなのだろうか。

あと、さらっと怖いこと言わなかった？　死なないよね？　お兄さまたち。

「だが、それももう終わるだろう」

「……というと？」

いやーな予感がして、私はおそるおそる尋ねる。

「ほぼすべての処理を終えた。後はお前の仮の護衛騎士を決めればすべて片づく」

ふっという笑みの背後に、魔王のようなものが見えた気がした。

少なくとも、背筋に寒気が走ったのは、きっと気のせいではない。

「そ、そうでしゅか……」

それしか言えなかった。

お兄さまの言う〝処理〟がなんなのかは聞かないでおこう……

◇◇◇

無事エルクトお兄さまとのお茶会を終えて。

次は、ヴィオレーヌお姉さま……

私が元気がないのは、ヴィオレーヌお姉さまが少し苦手だからです。

ヴィオレーヌお姉さまは、王家での長子にあたり、私よりも十四歳上の現在十八歳。

正妃の娘のため、王位継承権は、シルヴェルスお兄さまに次いで、第二位になる。私も正妃の娘なので、この二人とは同腹になるわけ。

ヴィオレーヌお姉さまは、一言で言うなら完璧だ。

学園では学力も魔力も首席。文武両道のお姉さま。

そして、お姉さまは氷魔法と雷魔法という希少属性を二つも持っており、風魔法も、ルーカディルお兄さまの鍛練相手が唯一務まると言われるくらいの実力者です。

魔法だけなら、ヴィオレーヌお姉さまが、数段は周りの兄弟よりも秀でている。

とはいえ武力がからっきしらしく、やはり総合力ではエルクトお兄さまに分があるそうだ。

唯一使えるのが弓だそうです。それでも充分すぎるほどすごいと思うけどね。

そんなヴィオレーヌお姉さまは、氷魔法の使い手で、表情筋がピクリとも動かないようなお方なので、アルウェルトの氷姫《ひょうき》なんて異名がついているお人。

私が苦手な理由も、他の兄姉たちと違って、何を考えているのかよくわからないし、ものすごく厳しいお人だからです。

お食事会などでマナーの指摘をするのは、アリリシアさまとヴィオレーヌお姉さまだけなので。

そんなお姉さまにお菓子はいかがなものかと、私は頑張って刺繍したハンカチを持っていくことにした。

そして、私はハーステッドお兄さまに言われたのもあり、使用人さんを連れています。

連れているのはフウレイ。フウレイなら呼び捨てできるからという理由。ヴィオレーヌお姉さまは、そういうところも厳しいところがあるので。

「そういえば、アナスタシアさま。ザーラが話したいことがあるから、後で部屋に行くって言ってましたよ」

「しょうなの？　わかった」

この時の私は、なんか用事でもあるのかな～と呑気に考えていた。

その甘い考えは、すぐにひっくり返されるとも知らずに。

◇◇◇

ヴィオレーヌお姉さまのもとへとやってきました。

使用人さんにはすんなりと通され、お姉さまと向き合っています。

姉に会っているだけなのに、気分はまさに、圧迫面接のようです。

「用は何ですか」

「お、お姉しゃまに誕生日プレゼントをと思いまして……」

フウレイに持ってってもらったハンカチをお姉さまに手渡した。

何て言われるかな……下手くそ？　それとも、そんなものはいらない？

「……ありがとう。大切に使わせてもらいますわ」

「……ほへ？」

予想外の反応に、私はすっとんきょうな声を出した。

お姉さまは、それに反応するように眉間を寄せる。

まずいまずい。お姉さまの前では、言葉遣いに気をつけねば。

「……何ですの？」

「え、えっと……ダメ出しされるかなぁ……な〜んて……」

「ダメ出しされるようなものという自覚があるのですか」

「しょ、しょれは……」

まずい。墓穴を掘ってしまった。お姉さまの前で墓穴を掘ってしまったら、本当に穴に埋まることになる。絶対に見逃してくれないもん。

私がどう言い訳しようかと思考を張り巡らせていると、お姉さまがはぁとため息をつく。

「……あなたがわたくしをどう思っているのかは存じませんが、贈り物にケチをつけるほど、わたくしは狭量ではございませんわ。これは素敵なものだと思いますわよ」

「あ、ありがとうございましゅ！」

「まぁ、もう少し腕を上げるべきとは思いますが」

「は、はい……すみましぇん……」

さすがお姉さま。上げてから落とすまでのスパンが短すぎます。もうちょっと持ち上げたままでもいいじゃありませんか。

「あの……ちょっと気になったんでしゅけど」

「何でしょう？」

「お姉さまの宮に贈り物が一切なかったのは何ででしゅか……？」

私は今まで、三人の兄たちのところに行ってきたけど、全員、貴族たちから誕生日プレゼントが贈られていた。

でも、私がヴィオレーヌお姉さまのところに来た時には、プレゼントが見当たらなかった。お姉さまに限って贈られなかったなんてことはないはずだから、何かしら理由があるはず。

「突き返していますわ。あんなご機嫌取りなんていりませんもの」

一番ひどかった！　まだ他のお兄さまたちは受け取ってはいたのに……！

絶対に、一生懸命考えて選んでくれただろうに、突き返されるのは、捨てられるよりも辛いと思う。

「せ、せめて受け取るくらいしてあげても……」

「アナスタシア。不要物は捨てるのではなく、そもそも手にしないことですわ」

「え、ええ～……」

ごめんなさい、お兄さまたち。皆のほうが、ずっと常識的なお方でした。

「むしろ、突き返されるとわかっているのに贈ってくるほうも贈ってくるほうですわ」

初犯じゃないんかい！

「で、でも、もらえるだけでもすごいでしゅし、それだけ慕われてるってことだと思いましゅし……」

だから、ちょっとは大事にしてあげてという思いを遠回しに伝えてみるけど、お姉さまが引っかかったのはそこではなかった。

「もらえるだけ、とはどういう意味ですか？」

「そのままの意味でしゅけど……？」

「まさかとは思いますが、何も受け取っていないと？」

「はい、そうでしゅ」

少なくとも、私に前世の記憶が戻ってから、家族や貴族の人から誕生日プレゼントなんてもらったことがない。

せいぜい、手作りのハンカチやぬいぐるみを使用人たちからもらったくらい。

「……そう。わかりましたわ。今年は少し変えることにしましょう」

そう言うと、お姉さまは近くの使用人さんを手招きし、何やらこそこそと話している。

使用人さんは、軽く頭を下げて、その場を後にした。

「申し訳ないけど、用ができてしまったから、今日は帰ってくださる？」

「は、はい……わかりました。行こう、フウレイ」

「はい、アナスタシアさま」

お姉さまの尋常ではない雰囲気に、私は逆らうことなく、その場を後にした。

◇◇◇

次はシルヴェルスお兄さま……なんだけど。

私は、出かける準備はせずに、部屋にいた。

事前にフウレイから、ザーラさんから話があることを聞いていたから。

私がのんびりと待っていると、部屋をノックする音がする。

「どうじょ」

まだ呂律は回らない。当初に比べたらましにはなってきたけど。

私が入室の許可を出したので、ノックした人が部屋の中に入ってくる。入ってきたのはザーラさんだった。

「話って何？」

「その前に、アナスタシアさまにお聞きしたいことがございます」

すごく真面目なトーンでそう言われたので、私の体も強張ってしまう。

「アナスタシアさま。私、最近アナスタシアさまにお会いしていないような気がいたします」

「う、うん……あまり会ってないね……」

後ろめたいことなんてないはずなのに、私の心臓は強く鼓動を打っている。

「そして、なぜかアナスタシアさまを宮で見かけないことが多いような気がするのです」

なぜかという部分を強調している時点で、私が宮を抜け出してお兄さまたちに会いに行ってるのはわかってるんだろう。

でも、それっていけないことなの？　家族に会うくらいよくない？

そう聞きたいけど、ザーラさんの有無を言わさぬ気迫で、そんなことは聞けない。

「まさか、王女さまともあろうお方が、お一人で外出など、あるわけありませんよね……？」

「え、え～っと……しょれは……」

ここまで言われると、鈍い私も、なんでザーラさんがこんなに怒っているのかわかった。

私が使用人も連れずにお兄さまたちに会いに行っていたのを怒ってるんだと。

「……うすうす思っていたことですが、やはりアナスタシアさまはご自分の立場というものをあまりお分かりになっていないようですね」

「立場？　それならわかってるつもりだけど……」

「では、なんだと思うのですか」

「魔力のない姫もどき……的な？」

わかってると言ったのに、いざ言葉にするとあやふやになってしまった。

本当にわかってるつもりなだけだった。

それに呆れているのか、ザーラさんも深くため息をつく。

「私たちの責任でもありますが、そのようにおっしゃることはありません。誰がなんと言おうと、アナスタシアさまは、レニシェン王国の第三王女なのです」

「うん……」

そう言われても、そうだよねなんて笑って言えない。

なんでなのかは、よくわからないけど。

「アナスタシアさま。なぜ、ヴィオレーヌさまのもとへ向かわれる時は、フウレイをお連れになったのですか？」

「ハーステッドお兄しゃまに言われたの。お姉しゃまに怒られるから、使用人を連れていかないとダメって」

「では、なぜハーステッド殿下はそうおっしゃったのだと思いますか？　なぜヴィオレーヌ殿下がお怒りになると思いますか？」

「う～んと……」

そういえば、なんでだろう。

あの時は、お姉さまに怒られたくないことに必死で気づかなかったけど、よくわからない。

「答えは、アナスタシアさまがお二人の妹君だからですよ」

「しょれは、当然なんじゃ……」

「そうですね。当然なんです。あなた様が王女である限り、王子さまと血の繋がった兄妹なのは」

「うん……」

ザーラさんが、訴えかけるようにそう言ってくるので、私は頷くことしかできない。

「アナスタシアさまは、当たり前のように厨房に入られますが、普通の王女は厨房に入りません。なぜかわかりますか？」

「料理しないから……？」

「それはそうですが、もっとちゃんとした理由があります」

「ちゃんとした理由……？」

なんだろうと首をかしげると、ザーラさんは今まで以上に真面目な顔つきで言う。

「使用人たちに迷惑をかけないためです」

「めいわく……？」

私が言葉を繰り返すと、ザーラさんはこくりと頷く。

「使用人は、基本的に主であるアナスタシアさまの命令には逆らえません。それはわかりますね？」

私がこくりと頷くと、ザーラさんは言葉を続ける。

「つまりは、アナスタシアさまの行動を本当の意味でお止めすることはできませんし、お言葉に異を唱えることもできません」

「うん……」

「仮に、アナスタシアさまが包丁に興味を引かれて触った結果、指を切ってしまったとします。そうなると、罰を受けるのは、そこに包丁を置いていた者……料理人と、アナスタシアさまから目を離していた者……使用人なのです」

「私が勝手にやったのに……？」

「そうです。アナスタシアさまは、間違ったことはなされません。なされるわけにはいきません。なので、悪とされるのは、周りの者たちなのです」

ザーラさんにそう言われて、私はやっと自分の身勝手さに気づかされた。

もし、私が一人で歩いている時に、怪我をしてしまったら、下手をすればザーラさんたちが処分を受けていたかもしれない。

お城をクビになった人が、まともな職につけるとも思えない。王族の怒りを買った存在を雇うところなんて、あるわけない。

私の一挙手一投足で、皆の未来が決まる。そう言っても過言ではなかった。

それを、一人のほうが気楽だからとか、そんなくだらない理由で振り回した。

王女という身分の重さを、まったくわかってなかった。

「ハーステッド殿下が使用人を連れていくようにおっしゃるのも、ヴィオレーヌ殿下がお叱りになるのも同じです。一人でいては、変な輩に狙われる可能性があります。妹であるアナスタシアさまのことを心配してのことです。アナスタシアさまは、自衛の手段をお持ちではありませんから」

私は変な輩と聞いて、あの時バラ園で話しかけてきた使用人を思い浮かべる。確かに、あの人は私が一人になったタイミングで話しかけてきていた。他の使用人たちも、存在に気づいていなかったみたいだし。

私は、エルクトお兄さまに言われたことも、どこか他人事みたいに思っている節があった。真剣に受け止めていなかった。でも、違う。

もし、あの時話しかけてきた使用人が殺し屋のような刺客だったら、私の命はなかったかもしれない。ろくに魔法が使えない子どもなんて、大人からすれば容易に始末できるだろう。

その恐怖からなのか、真剣に受け止めようともしなかった自分の愚かさからかはわからないけど、気づいた時には、私の頬に涙が伝っていた。

「ご、ごめんなしゃ――」

私が謝罪の言葉を口にしようとすると、ザーラさんはさりげなく私の口を塞いでくる。

「アナスタシアさま。王家の者が、過ちを認めるような言葉を口にしてはなりません。王家の者が、過ちを犯すことはないのですから」

そう言い終わると、ザーラさんはそっと私の口元から手を離した。私は、自分の口から飛び出た言葉を続けることはしなかった。

「じゃあ、ザーラしゃ……ザーラ。シルヴェルスお兄しゃまのところ、一緒に行ってくれる？」

「はい、かしこまりました。もう二人くらいつけましょうか」

「うん！　お部屋で待ってるね」

私がすとんと椅子に座ると、ザーラさんは静かに部屋を出ていった。

◇◇◇

王女としての自覚を持ったところで、私がやることは変わらない。シルヴェルスお兄さまに誕生日プレゼントを渡すだけだ。

私に配慮してなのか、ザーラさんが連れてきたのはヒマリさんとフウレイという、私がよく話している二人だった。

プレゼントは二人に持たせて、私はのんびりとお散歩気分で歩いている。

ちなみに、チーズケーキはフウレイが持ってきてくれている。

シルヴェルスお兄さまは、他の兄姉に比べたら普通……なのかな。

私には、当然ながら赤ん坊だった期間があるんだけど、その時は家族はちょくちょく私の様子を見に来ていたんだよね。

全員が毎日っていうわけではないけど、それぞれがローテーションするようにして、毎日。

それがぱたりと止んだのは、私に暗殺者が送られたかららしい。

らしいというのは、ある程度大きくなった時に、私によくしてくれている使用人さんに遠回し的に聞いただけで、その頃の私はのんきに寝ていたからでして。赤ん坊だから睡眠は大切なの。

暗殺者については私に会おうと離宮に来ていた家族があっさりと撃退したらしいけど、それ以降、私の扱いはちょっと変わってきた。

エルクトお兄さまの言ったように、家族は私を表では放置しながら、裏でルーメン派閥の排除をする方向に舵を切った。

でもシルヴェルスお兄さまは、そんなのは気にせずに会えばいい、みたいなことを言ったんだって。

アナスタシアを放置するくらいなら、自分たちが守ればいいだろうって。

情があるというか、ある意味王族にしては普通の考えを持っているのかもしれないなって感じ。

ここの子どもは、達観していたり、ブリザード起こしたり、極端だったり、プレゼントをいらんと一蹴りするような子どもばかりだからね。どういう育て方すればああなるんだろう……？

そうは思うものの、私にとっては皆家族ですから。プレゼントは渡さないといけませんよね。

歩くこと約十分。やっとシルヴェルスお兄さまの宮に着いた。広すぎるよお城が。プレゼントを持っていたら、途中でへばっていたかもしれないし。

でも、大量のプレゼントという現実を目の当たりにすると、その疲れはどこかに吹っ飛んでしまう。

本当に人気だなぁ、お兄さまたち。

「何か欲しい？」

「うわっ！」

私がじっとプレゼントの山を見ていたら、後ろから声をかけられたため、思わず後退りする。

声の主は、シルヴェルスお兄さまだ。

というか、この流れはデジャヴな気がするぞ？

「お兄さまに送られたものでしょう？」

「頼んでないしね。下手に受け取るとめんどくさいし」

すごーい。ルーカディルお兄さまと同じこと言ってる〜。

でも、それをわざわざ言葉にするのは野暮というものだ。

「ここで話しているのもなんだし、入りなよ」

「は〜い」

私は、シルヴェルスお兄さまにとてとてとついていく。

お兄さまは私に歩幅を合わせてくれているようで、特に走る必要はなかった。

お兄さまの部屋に入り、お兄さまが人払いをする。

「ごめんねぇ〜。なかなか会いに行けなくてさ〜」

「お兄さまたちもいそがしいんでしょうし……」

「ううん。そこまでじゃなかったよ。でも、お前は行くなってエルクト兄上に止められてて。なのに、兄上はアナの様子を見に行くんだよ⁉　ひどくない⁉」

「私に言われても……」

言われてみれば、外に出るとエルクトお兄さまとはよく遭遇していた気がする。

ここはエルクトお兄さまのお家でもあるから、変には思わなかったけど、今思えば、私の様子を見に来てくれていたのかな。

そう思うと、ちょっぴりうれしい。

「……じゃあ、お兄さまからいろいろ聞いたってことでしゅか？」

「そうだよ。僕が何とかしてやろうかと思ったけど、母上たちも父上もエルクト兄上もヴィオレーヌ姉上も、アナスタシアが解決しなくちゃ意味はないって言って止めるし。わからなくはないんだけどさ～、アナに期待しすぎだよね」

「あはは……」

まったくもってその通りである。私は当時は三歳だぞ⁉　それも、凡庸《ぼんよう》な姫だぞ？　いろいろできたりはしないよ、お兄さまたちじゃないんだから！

「なんでそんなに私に期待したんでしょうか？」

「リカルドは、僕らにも勉強を教えてくれていてね。そのリカルドが褒《ほ》めていたから、アナに期待しちゃったんじゃないかな～」

まさかの犯人だった。リカルド先生も悪気はなかったんだろうけど。

自分の生徒が天才なら、教師としては鼻高々で、自慢したくなるかもしれないし。

でも、そうだよね。三歳が普通に歴史とかの授業についていけていたら、あの希代の天才たちと同等に考えるのはおかしいことではないかも。自分の蒔《ま》いた種だ。

「そう言うのなら、お兄しゃまたちは自分で管理してるんでしゅか？」

「そうだよ？　三歳くらいからかな～。でも、エルクト兄上とヴィオレーヌ姉上はもうちょっと早くて二歳後半からって聞いてるよ？」

「さんしゃいから⁉　エルクトお兄しゃまとヴィオレーヌお姉しゃまはにしゃい⁉」

まじもんの化け物たちじゃねぇか、私の家族！　全員が転生者とかいうオチはないよね？

なんか、ルーメンが戦争に負けた理由もなんとなくわかった気がする。

二歳ごろなんて、私は侍女たちに甘えたり、ぐーぐーと昼寝してたのに⁉

「そんなに驚く？　アルウェルト王家なら珍しくないよ？」

「そ、そうなんでしゅか……」

アルウェルト王家、恐るべし……！

◇◇◇

いよいよラスト！　ルナティーラお姉さまです！

ルナティーラお姉さまは、天使のように優しいお方なので、私も大好きです！

私がヒマリさんにそのことを話したら、心底驚いた風をしていたのがなんか引っかかったけど。

そして、ルナティーラお姉さまは、回復魔法を得意とするお方。残りは光魔法が使えます。

以前も言ったような気がするけど、回復魔法の力はすさまじく、即死以外は怪我でも病気でも、ほとんど一瞬で治療してしまうドクターもびっくりなお姫さま。さすがは、治癒姫と呼ばれるだけはある。

ルナティーラお姉さまの回復魔法が凄まじすぎて、お城に雇われているお医者さんたちは、ほとんど仕事がないくらい。むしろ、お姉さまに何かあった時に念のために雇っているだけで、絶対にいて欲しいと思っているわけではないという扱いをされてしまうのが、お城のお医者さんたちだ。

ただ、お姉さまは私を除いた兄弟の中では、魔法を扱うのは一番上手なんだけど、戦闘では一番弱い部類に入るみたい。まぁ、光魔法には攻撃手段もあるから、まったく攻撃手段がないわけではないんだけど。

少なくとも、私の百倍は強いと思う。

「アナ～！　よく来たわね！」

ルナティーラお姉さまの宮に着くと、待ってましたとばかりに、ルナティーラお姉さまが表に出てきて抱きついてくる。

事前に連絡を入れた人たちは、皆こういうことしているような気がするなぁ。

「それで、それがアナの作ったハンカチとチーズケーキというやつかしら？」

お姉さまは、私の後ろにいるフウレイとヒマリさんのほうを見る。

お兄さまたちから話を聞いていたらしい。

「そうでしゅ。ハンカチは刺繍だけだけど、チーズケーキは、私がれしぴをかんがえましちゃ！」

あっ！　〝た〟を噛んでしまった。最近は噛まなくなってきたんだけどなぁ。

なんか恥ずかしい。

「それじゃあ、お茶を淹れさせるわ。中に入りなさい」

「は〜い……」

私は、視界の端に入ったものが気になり、すっと右のほうに視線を向ける。

うん。予想はしてた。あるだろうなって。ルナティーラお姉さまだけないということは、あり得ないだろうなって。

でも、実際にこのプレゼントの山を見ると、私の心は余計に荒《すさ》む。

私がプレゼントの山を見ているのに気づいたのか、お姉さまがあることを提案する。

「欲しいならあげるわよ？」

「いえ、大丈夫でしゅ」

私は、反射的にそう返していた。

◇◇◇

お姉さまの宮で、私はゆっくりとチーズケーキとお茶を楽しむ。

荒んだ心には、こういう憩《いこ》いが癒しを与えてくれるんだよなぁ……

「ところで、アナは欲しいものないの？」

「う〜ん……特には……でも、なんで？」

私が聞くと、ルナティーラお姉さまはため息をつく。

うん？　私、おかしなこと言いましたか？

「ほんとに？　ほんとーにないの？」

お姉さまがやけに食い下がる。なんか、今日のお姉さまは様子がおかしいな？

私は、もう一度よく考えてみる。

おもちゃはないから論外として、家具とかの内装は私の好みのデザインだし、使い心地も悪くないから変える必要はないし、服とかも、予算がちゃんと使えるようになってからは不自由はしていないし、ご飯も美味しいから、食材も新しく欲しいと思うものはない。

考えてみたけど、物は特にないから、今までの生活で、不満だったことを考えてみよう。

う〜む……あっ、一個だけあるかも！

「おふろに入りたいでしゅ！」

「おふろ……？　湯浴みなら、あなたの宮でもできるでしょう？」

「ちがいましゅ。みんなで入りたいんでしゅ！」

私が欲しいのは、日本でいうところの、大衆浴場。

お風呂は、一人でもとっても気持ちいいけど、大きいお風呂で皆でわいわいしながら浸《つ》かるのも楽しいのだ。

せっかく大家族に転生したのだから、それくらいの楽しみはあってもいいと思うんだ。

「そう……？　それなら、父上たちに話を通しておくけど……一ヶ月はかかるわね……」

もっと早く言ってくれれば、と思っていそうな顔をするお姉さま。

前世の大衆浴場のようなものを作るのなら、一ヶ月で終わらないような気がするんだけど。

それなのに、なんで一ヶ月かかることを気にするんだろう……？

「別に、用意してくれるなら、どれだけかかってもかまいましぇんけど」

「だ、ダメよ！　せめて、今月までじゃないと……！」

いやいや、お姉さま。

今月が終わるまで、二週間もありませんけど？　神さまでもない限り、無理だって。

「あの」

「地魔法が得意な魔法使いを雇うしかないかしら。でも、それでも百人くらいは必要になるかもしれないわね……」

「あの、お姉さま？」

「どちらにしろ、父上と母上に話を通してからよね……」

あっ、ダメだ。まったく話を聞いていない。

このままだと、本当に二週間以内に終わらせそうな気がする。

もう話を聞いてくれそうになかったルナティーラお姉さまを置いて、私は自分の宮に戻った。

◇◇◇

兄姉の誕生日プレゼント渡しが終わって、私はごろごろしていた。

一仕事を終えましたよ。六人は大変でしたぁ～。

お前は刺繍しただけだろと言われたら何も言い返せないんですけども。でも、四歳児にしては頑張ったと思う。

それにしても、皆、たくさんのプレゼントをもらってたな。一人だけ例外がいたけど……

私はこの四年間生きてきて、一度もプレゼントらしいプレゼントをもらったことがない。

使用人たちがお祝いしてくれて、食事が豪華になることはあったけど、物をもらったりはしなかった。

まぁ、それは仕方のないことだし。

そう、仕方ない――

「アナスタシアさま！　よろしいでしょうか！」

こんこんと慌てたようにドアをノックする音が聞こえて、私も慌ててベッドから飛び起きる。

この声は、ザーラの声だ。

「ザーラ。何？」

私がドアを開けて覗き込むと、ザーラは一瞬びっくりしたみたいだけど、すぐに訪問の理由を話してくれる。

「陛下がお呼びです。支度を整えて来るようにと」

「お父しゃまが!?」

今日は食事の日ではない。

理由はよくわからないけど、とりあえず行かないと。

私は、ザーラに着替えさせてもらって、すぐにお父さまのもとに向かった。

◇◇◇

息切れしながら教えてもらった場所に来ると、そこにはお父さまだけでなく、一家全員が勢揃いしていた。

食事会以外で集まっているのは初めてだ。

それにしても、ここはどこなんだろう？　なんか、広い空き地があるけど、来たことはない。

「あの……何か用でしょうか？」

おずおずと聞いてみると、お父さまが私に視線を合わせてくれる。

「ルナティーラから聞いた。複数が入れる浴場が欲しいのだろう？」

「ま、まぁ……」

うわっ！　お父さまのところにまで話が言ってたの!?　なんか恥ずかしいんだけど……！

「アナスタシアの想像するものとは違うかもしれないが、今から用意しようと思ってな」

「……へっ？」

私の幻聴かな？　今から用意するって聞こえたような……？

「え、えっと、お金とか払って建ててもらうんでしゅよね？」

私が聞くと、エルクトお兄さまは何を言っているんだと言いたげな目をする。

「父上が魔法で用意するって言ってるんだ。細かいところは俺たちもやるけどな」

「……えっ？」

私が呆然としている間に、お父さまは地面に手をついた。

その瞬間、空き地の土が盛り上がってくる。

盛り上がるスピードはどんどん早くなって、高い山みたいに土が上に昇っていく。

そして、私の住んでいる離宮くらいの大きさになると、茶色い土は崩れ落ち、中から白くて美しい石が出てきた。

時間にして、十秒くらいだろうか。

私は、ぽかーんとだらしなく口を開けることしかできない。

「後は、中にお湯でも張ればいいのか」

「男女ごとに、スペースを分ける必要もありますわよ」

「多数の者が同時に使用するのならば、一つ一つの浴槽を大きくしないといけませんね。後は、明かりもつけないといけませんし」

エルクトお兄さま、ヴィオレーヌお姉さま、ルナティーラお姉さまが冷静に話し合っているけど、私はそれどころではない。

えっ、ちょ、はっ？　待って待って？　全然ついていけないんだけど!?

内心は、そんな風に焦っていたけど、表情には出なかった。人って、理解できないことがあると逆に冷静になるのは、本当だったみたい。

「じゃあ、僕がスペースを区切りましょうか。地魔法が使えますし。母上にも一緒にやってもらって……」

「じゃあ、僕はエルクト兄上と母上と一緒にお湯を張っとくよー！　水魔法と火魔法が使えるの、僕たちだけだし！」

「俺は何をすれば……？」

シルヴェルスお兄さま、ハーステッドお兄さま、ルーカディルお兄さまも参加する。

もう、訳がわからないよ。なんでお兄さまたちはついていけるの??

お兄さまたちは、互いに顔を見合わせてから、ルーカディルお兄さまに言う。

「「アナの相手！」」

ルナティーラお姉さま、シルヴェルスお兄さま、ハーステッドお兄さまの声が揃う。

息ぴったりですね、あはは。

ルナティーラお姉さまの表情だけ嫌々だった気がするのも、きっと気のせいだよね、はは。

「それじゃあ、わたくしとルーカディルがアナスタシアさまの相手をしましょうか」

「なっ！　母上はこっちを手伝ってくださいよ！　光魔法が使えるんですから！　私にこんな大きな建物の全部の照明を用意しろとでも⁉」

私をぎゅっと抱きしめるルルエンウィーラさまに、ルナティーラお姉さまが抗議する。

あの、怒るところそこじゃないような気がするんですけど。

「では、ルルエンウィーラさまはルナティーラ王女を手伝えばよいでしょう。アナスタシアは、実母であるわたくしが見なくては」

「母上も手伝ってくださいよー。地魔法が使えるの、父上を除けば僕と母上だけなんですから」

シュリルカお母さまの言葉に、今度はシルヴェルスお兄さまが抗議する。

いや、だからそこじゃないんだって。急に建物が現れたところに突っ込もう？

「皆で作業しないと、間に合わないでしょう。アナスタシアのことは、陛下とルーカディルに任せればよいのです。シュリルカ妃もやりますよ」

「仕方ないわね……」

なんでお母さまたちもついていけるの……？　ついていけない私がおかしいの……？　もう、何がなんだかわからないよー！

◇◇◇

私がルーカディルお兄さまとお父さまの側でぽけーっとしている間に、全部終わってしまった。感覚からして、十分から二十分くらいかな？

正直言って、皆さんのチートぶりを舐めていましたよ。皆さんからしてみれば、建物を建てることなんて、呼吸することと同じような感覚なんですね。

考えてみると、まだ幼い七人の王子や王女がそれぞれマイホームを持っているのも、おかしな話だもんね。

七つの宮を建てるなんて、そうほいほいとできるものでもない。私の離宮は本宮からめちゃくちゃ離れている位置にあるから、なおさらというもの。

お父さまが用意したんだろうなと、今なら思える。皆があっさりと受け入れているのは理解できないけども。

「アナ～！　これでいいかわからないから、中を見てもらえる？」

「はーい……」

もうどうにでもなれと、私を呼ぶルナティーラお姉さまの後についていった。

中は、思ったよりもきれいだった。

まだ設備は整っていないけど。

大きく作りすぎたからか、余っている部屋と思われるものもたくさんある。

天井を見ると、等間隔で照明がある。ルナティーラお姉さまと、ルルエンウィーラさまの光魔法だろう。

「これ、魔力がなくなったら、消えましぇんか？」

私が天井の照明を指差して言うと、ルナティーラお姉さまはにこりと笑う。

「大丈夫よ。後で魔法具に変えておくから」

「じゃあ、なんで最初からしょうしないのでしゅか？」

「もしかしたら、アナのイメージとは違うかもしれないでしょう？　魔法具だと取り外しが大変だけど、魔法なら魔力の供給をやめればいいだけだもの。だから、不満があれば遠慮なく言ってくれていいのよ」

「うん。わかった」

なるほど。いわゆるモデルハウスみたいにしているわけか。

仮に作ってみて、不満点があれば解消し、それを元に本格的に作るような感じかも。

家族からすれば、魔法でプレハブを建てたような感覚でもあるかもな。

いや、それでも規格外なのは変わらないんだけどさ。この家族ができないことを探すのは難しそう。

「それで、こっちが浴槽とかいろいろと置いてあるところね」

おっ、やっとお風呂場！

この建物、思ったよりも広くて大変だったよ～。

今のところ、不満はないけど、ところどころの空きスペースが気になるなぁ。

食事したりとか、休憩室みたいにしても面白そう。後は、ここで寝泊まりとか？　朝風呂は最高だけど、私の離宮からは遠いからねぇ～。

前世ではお風呂上がりに、テレビ見たり、マンガ読んだりしてたなぁ～。悲しいよ、この国にはないから。

ちなみに、お風呂場に入るところは、普通に大きめのドアって感じだ。

う～む……日本人の感性としては、のれんが欲しいところだなぁ。女、男と書いてなくてもいいけど、のれんをくぐるあの感覚がいいんだよ。

頼んでつけてもらおうかな？　この国の技術でも全然できると思うし……

あくまでもまだ視察くらいの感覚なので、服は脱がずに入る。

「おおー！　広い！」

一緒に入るという感覚がないはずなのに、本当に皆が一緒に入れるくらいの大きさの浴槽がある。

今は一つしかないけど、つぼ湯とか、日替わりみたいなの作っても楽しそう。

管理が大変だと思うから、今のところは言わないけど。

もうお湯が張ってあるので、試しに手を入れてみる。ほどよい温もりを感じた。

大衆浴場という概念はなくても、湯浴み自体は貴族の皆がやっていることなので、温度調整は簡単にできることなんだろう。

もうお湯が張ってあるなら、早速一緒に入ってみようかな～。

「お姉しゃま、いっしょにはいろ！」

「いいわよ～。二人でいっしょに――」

「わたくしたちも一緒でいいかしら？」

ルナティーラお姉さまの言葉をぶった切って、シュリルカお母さまが口を挟む。

どうやら、ずっと私たちの後をついてきていたみたい。

後ろには、アリリシアさまやルルエンウィーラさまも。

さらに後ろには、エルクトお兄さまや、ヴィオレーヌお姉さまらしき人が見えた。

「いいでしゅよ！」

私としては断る理由もないし、と軽い気持ちで了承したけど、なぜかルナティーラお姉さまは不機嫌そうな顔をする。

何か、いけないことをしたのかな？

「ルナティーラお姉しゃま。嫌だったのでしゅか……？」

私がおそるおそる聞いてみると、ルナティーラお姉さまははっとした表情になり、いやいやと否定する。

「そんなことないわよ！　皆で入りましょうか」

「わーい！」

私は子どもらしく、無邪気に喜んでみせた。

そんなわけで、お母さまとお姉さまたちと一緒に、お風呂に入ってみることになった。

実際に使わないと、わからないこともたくさんあるだろうしね。

ちなみに、お兄さまたちはそのまま待ってそうな感じだったけど、私が「入らないのでしゅか？」と聞いたら入ると言っていた。

エルクトお兄さまが、すんごい嫌そうな顔をしていたけど。一人のほうが好きなのかな？　と思ったけど、意外とすんなりと入っていったから、そうでもないのかも？

エルクトお兄さまのことは、相変わらずよくわからないな。


お風呂場に入った私は、さっそくお風呂――の前に。

「アリリシアしゃま、シュリルカお母しゃま、かけ湯したいでしゅ！」

「「かけゆ？」」

浴場がないんなら、かけ湯の習慣もありませんよね。私が離宮でお風呂に入る時もやってた覚えないし。

「おふろに浸かる前に、お湯で体を流すやつでしゅ。水だとちゅめたいから……」

今の季節は秋。かけ水でもいいなんて妥協はできない。そんなことしたら、確実に風邪をひく。

アリリシアさまは火魔法、シュリルカお母さまは水魔法が使えるので、二人が力を合わせればお湯ができるだろう。

「それなら、母上たちに出してもらうよりも、こちらを使った方がいいですわよ」

ヴィオレーヌお姉さまはそう言って、くいっと指を動かす。

すると、浴槽にあったお湯が、お姉さまの指の動きに合わせるように持ち上がった。

そのお湯は球体となり、ゆらゆらとこちらのほうに来る。

そして、私の真上まで持ってくると、滝のように流してくる。

かぼぼぼ……

不意打ちだったので、私は水を飲んでしまい、数秒の滝行を終えた時に、げほげほと咳き込んでいた。

シュリルカお母さまが、私の背中を優しくさすってくれている。

「ヴィオレーヌ姉上！　何をしているんですか！」

私の惨状にルナティーラお姉さまが抗議してくる。

「アナスタシアがお湯をかけたいと言いましたから、かけただけですわ」

あれはかけ湯じゃなくて、温かいだけの滝行だって！

この兄姉は限度を知らないのか⁉　と思っていると、ルナティーラお姉さまも同じように反論する。

「だとしても、限度というものがあるでしょう⁉」

「まさか、咳き込むとは思わなかったんですもの……」

ヴィオレーヌお姉さまが、珍しくルナティーラお姉さまにたじたじになっている。

それにしても、ヴィオレーヌお姉さまは水魔法も使えたんだな。初めて知った。

魔法の属性って、遺伝も強く関係してくるみたいだし、シュリルカお母さまが使えるんなら、その娘であるお姉さまが使えても何もおかしくないけど。

「だ、大丈夫でしゅ。私はなんともありましぇんから……」

ヴィオレーヌお姉さまも、悪気があったわけじゃない。むしろ、私のお願いを叶えてくれようとしたんだから、責めてばかりもいけないだろう。

もうちょっと加減を覚えてほしいなぁとは思うけども。

「それよりも、かけ湯もできたので入りましょう？」

「アナがそう言うのならいいけど……」

ルナティーラお姉さまも、もうヴィオレーヌお姉さまを責めるのは止めてくれるみたい。まったく納得していなさそうだけど。

お風呂に浸かった私は、ぬくぬくと温まる。

お姉さまたちも、お風呂の習慣はあるから、特に困惑とかするでもなく普通だ。

それにしても――と、私はお母さまたちを見る。

シュリルカお母さまを除くお妃さまの二人は――胸が大きい。お父さまはそういう趣味でもあるのかな？

私は絶望的なのだろうか。お母さまがあんな感じだもんなぁ。

ヴィオレーヌお姉さまは十八歳だからか、それなりに豊満になっている。着痩せするタイプなのかドレスを着ている時は気づかなかったけど、出るところは出て引っ込むところは引っ込んでいるというモデル体型だ。ルナティーラお姉さまは十一歳だからわからないけど。

「アナ、さっきからなんで母上たちのほうを見るのよ」

「私には希望がないと現実を見ていました……」

「ああ～……大丈夫よ、アナは大きくなるから」

「ものすごく失礼なことを言われた気がするのだけど？」

私の一言だけでなんなのか察したルナティーラお姉さまが励ましてくれるけど、私たちの会話がばっちりと聞こえていたようで、シュリルカお母さまが反応する。

それに、アリリシアさまが真剣な表情で言う。

「確かに、シュリルカ王妃殿下のその部分は、あまり褒められたものではないでしょう」

「アリリシアさままで！」

うん。発端の私が言うのもなんだけど、そんな顔をして言うことではないと思います。

「大丈夫ですよ。人の価値というのは、それだけでは決まりませんから」

ルルエンウィーラさまがいつものように女神の笑顔を向けるけど、それは人の神経を逆撫でしかねないですよ？

それは、シュリルカお母さまも感じ取ったようだ。

「ルルエンウィーラさまがおっしゃると、なぜか腹が立ちますね」

「それは同意しますわ。悪意がない分、質が悪いですもの」

「そんなっ！　ひどいです！」

今度はルルエンウィーラさまをシュリルカお母さまとアリリシアさまが責め立てる。

ルルエンウィーラさまはショックを受けたような顔をする。

端から見たらいじめのような感じだけど、不思議とそこに、悪意のようなものは感じられなかった。こんなやり取りができるのも、お妃さまたち同士の繋がりが強いからなんだろう。

「ルルエンウィーラさまは立派なものをお持ちですもの」

「う～ん……私は、大きいのは嫌なんですけどね。重くて肩がこるので……」

ルルエンウィーラさまはその大きなものを抱えながら言う。

シュリルカお母さまの言う通り、この中ではルルエンウィーラさまが一番豊かなお胸をしていらっしゃる。

ルルエンウィーラさまがああなら、娘のルナティーラお姉さまも豊かになるのかな？

そう思って、私はルナティーラお姉さまを見ながら、お姉さまが成長した姿を想像する。

想像上の豊満なルナティーラお姉さまからは、お姉さまの儚げというか、優しい雰囲気が消え去っていた。

ヴィオレーヌお姉さまはむしろ大きいほうがイメージが崩れないのに……不思議だ。

「お姉さまは大きくならないほうがいい気がしますね……」

「えっ、どういうこと？」

困惑するルナティーラお姉さまもかわいらしい。

一緒にぺたんこのままでいましょうね、お姉さま。

◇◇◇

さっぱりしてお風呂から上がる。

なんか、虚しい気持ちになったこともあったけど、リラックスできて気持ちよかった。やっぱり、一緒に入るのはいいものだなぁ。

ちなみに、髪の毛はついてきていた侍女に拭いてもらった。シャワーは後でまたやることになる。話していたら時間がなくなっちゃったんだよね。お母さまたちは忙しいから。

男性陣はとっくにあがっていたみたいで、すぐ側で待ってくれていた。水も滴るいい男とはこのことだな、という雰囲気だ。

そのうちの一人、エルクトお兄さまと視線が合うと、エルクトお兄さまはこちらのほうに来る。

「さっきから丸聞こえでしたよ。あんな会話するなら、もう少し声を抑えてください」

私――というか、女性陣にそれだけ言うと、お兄さまは元の位置に戻ってしまった。

お兄さま、敬語も使うんだーと思ったところで、お兄さまの言葉に引っかかった。

丸聞こえ……？　はて、なんのことやらと思ったところで、私ははっとなる。

お風呂場での、あの会話か！

それに気づいた瞬間、私は赤面した。

めちゃくちゃ恥ずかしいんだけど！　胸がどうこう話してる会話を男の人に聞かれてたの!?

というか、エルクトお兄さまに聞こえてたなら、他のお兄さまたちやお父さまたちにも聞こえてたよね～……

「な、なんでそんな盗み聞きのような真似をするのですか！」

「お前たちの声が大きいからだろ！　魔法で強化しているとはいえ、石の壁で隔ててるだけだぞ！」

ルナティーラお姉さまは、エルクトお兄さまに突っかかる。

「あの会話の内容は忘れておきなさい。いいですね？」

「は、はい。母上……」

シュリルカお母さまは、シルヴェルスお兄さまに真剣な表情で言い聞かせている。

「ル、ルーカディルも聞いていたの……？」

「聞いてました……」

ルルエンウィーラさまは、ルーカディルお兄さまに聞いて、ショックを受けている。

おお……カオスだ。

責められたり、言い聞かせられたり、確認されている王子たちは、逆ギレのようなことをしていたり、怯えていたり、少し戸惑っている。

アルウェルト王家は、王子さまが多いからな。年ごろの男の子もいるから、ああいう会話が聞こえていたら気まずいのは当然か。

むしろ、変に平然としているお父さまとかのほうがおかしいんだ。

そう考えると、お兄さまたちも被害者だ。私があんな話をしたために、すみません。

私が皆の諍いを止めようかと声をかけようとすると、全員揃って、はぁと深くため息をつく。

「でも、アナは楽しそうだったし、別にいいですか」

「でも、もう少し防音を施しておいたほうがいいかもしれないわね。アナが気を遣ってしまうかもしれないわ」

「後は、何か要望はありますか？　アナスタシア」

全員が、私をじっと見る。

なんで、こんなにも私の意見を気にしようとするんだろう？　発案者というのを差し引いても、私にあわせすぎなような気がする。

「えっと……休憩できるところとか、泊まるところがあるといいな～……なんて思ったり」

「休憩場はともかく、泊まるところは離宮で充分じゃないのか？」

「来たい時に馬車を使うのではいけないの？」

エルクトお兄さまとルナティーラお姉さまがそう疑問を投げかけてくる。

確かに、そうすればいいかもしれないけど、私は朝風呂も好きなのよ。

「ほら、朝に入りたい時とか、わざわざここまで来るのは大変でしょうし……」

「それくらいなら、馬車で充分なはずだ……」

「朝が早かったら、御者のめいわくになるじゃないでしゅか」

「それが御者の仕事ですわよ？　寝ていたら叩き起こしなさい」

さすがは、誕生日プレゼントを突き返したヴィオレーヌお姉さまですね。

ルーカディルお兄さまはともかく、ヴィオレーヌお姉さまは、発言がブラック企業の社長みたいですよ？

「でも……」

「あまり気を遣わなくていいのよ？　ここはアナのものなんだし」

「……ほえっ？」

私の……もの？　えっ？　公共の場じゃなくて？

「な、なんで私のものなんでしゅか？」

私が聞くと、逆にその場の全員がえっ？　という顔をするが、エルクトお兄さまが何かに気づいたように私に聞く。

「お前、俺たちのは覚えておいて、自分のは忘れてるのか？」

エルクトお兄さまの言葉に、皆もああと納得したような表情になる。

理解してないのは私だけですか？

「アナ。今日は、あなたの誕生日でしょう？」

シュリルカお母さまが優しい笑みでそう言ってくる。

そういえば、今日だったっけ。私も五歳になるんだな。でも、それがどうしたんだろう？

「これは、あなたへのプレゼントですよ、アナスタシア。ですので、あなたの好きに使えばいいのです。一人で使ってもいいですし、今日のように、複数人で使っても構いません」

つ、つまり……この浴場が、誕生日プレゼントってこと……？

ずいぶんと変わったものを用意したなぁ。確かに、ルナティーラお姉さまに欲しいと言ったのはこれだけど――あっ！

「ルナティーラお姉しゃまが、私の欲しいものをあんなに聞いてきたのはこのためでしゅか!?」

「気づいてなかったのね……」

ルナティーラお姉さまがはぁとため息をつく。

気づかないのは仕方ないじゃん。今まで、プレゼントなんて贈られてこなかったし。

「だって、今までなかったんだもん……」

訴えるようにそう言うと、ヴィオレーヌお姉さまが答える。

「それは、誰かが盗みを働いたようでして、贈っていなかったわけではありませんわよ」

ヴィオレーヌお姉さまが笑みを浮かべてそう言うけど、後ろにブリザードが見えた気がする。

いや、ヴィオレーヌお姉さまだけでなく、ほとんどがそうだ。

やってないのは、エルクトお兄さまと、アリリシアさまくらいかな。皆を呆れるように見ている。

誰なのかは聞かないでおくのが、賢明な判断というやつだろう。

「そうだよー。ヴィオレーヌ姉上がそう言うから、それなら、今年から直接渡してやろうってことになったんだ。本当なら倉庫のペンダントでも渡そうかと話してたんだけど、また盗られても困るし、アナの欲しいものかわからなかったしね」

「浴場は予想外だったけどね……」

シルヴェルスお兄さまはニコニコしながら、ハーステッドお兄さまは苦笑いしながら言う。

うん。私でも反応に困ると思うよ、浴場が欲しいなんて言われたら。対応してくれただけすごいよね。渡す予定だったというペンダントを渡したほうがずっと簡単だろう。

ほんと、私の家族はハイスペックだ。

わざわざ私のために、忙しい中時間作ってまで、こんなもの作り上げちゃうんだもん。

私に魔法でプレゼントを用意するなんて言ったら、反対もされそうなのに。それなのに、わざわざ……

「……アナスタシア、どうした……？」

私が急に俯《うつむ》いたからか、ルーカディルお兄さまが少し顔を下げて、私の顔を覗き込もうとして来る。

私は、顔を見られたくなくて、ルーカディルお兄さまに抱きついた。

ルーカディルお兄さまは、嫌がるでもなく、私の頭を撫でてくれる。

私たちの周りの気温が下がっているような気がするのは、きっと気のせいだろう。

「プレゼント、ありがとうございました！」

私はその場にいる家族に、最高の笑顔を向けた。

転生して五年。最高の誕生日となった。

第三章　少女式

転生してから五年半ほど経ち、六回目の新年の日に、私は少年・少女式に参加することとなった。

私は女だから少女式になるね。

それに向けての復習とか、作法のために、急遽《きゅうきょ》、少女式の一ヶ月前からスケジュールを詰めて、臨時で授業を行うことに。

そのため、いつものまったりのんびりはできない。

朝起きて、朝ご飯を食べて、勉強して、お昼ごはんを食べて、勉強して、夜ご飯を食べて、勉強して、お風呂に入って、すぐさま就寝を繰り返している。

お風呂に入った後は、本当にすぐに寝かしつけられているけど、やっていることは受験生の受験勉強だ。

なんでこんなにぎちぎちなのかというと、日本の形式化している七五三とは違って、少年・少女式は、平民ですら多少のマナーが求められるほどの儀式だからだ。それを王族の立場で行うのだから、平民や下級貴族とは比べ物にならないほどの丁寧な言葉遣いや作法が、わずか五歳の（六歳もたまに混じっているけど）子どもにも求められる。

そのために、私は作法や一般常識を習っている。

そして、座学の担当は、もちろんこのお方。

「では、少年・少女式について、もう少し詳しく教えますから、気になることがあればなんでも質問してください」

「はーい。リカルド先生」

皆さんご存じの、リカルド先生である。

リカルド先生とは、いまだに良好な仲。このまま仲よくやっていけたらいいなと思ってる。

「アナスタシア姫さまは、少年・少女式について説明したことを覚えていますか」

「はい、覚えてます！」

子どもにとっては昔のことでも、前世の記憶がある私にとっては二年前のこと。そんなおかしなことではない。

「六つになる年に行う儀式です」

「だいぶ簡略化されていますが……間違ってはいませんね。基本は問題ないようですので、もう少し詳しく話していきます」

リカルド先生は、儀式のことを深掘りしていく。

まずは、儀式の詳しい手順。

その一、神官の祝福。

神官は、この世界では神殿に勤めている人たちのこと。

その神官から、祝福をもらう——というと、聞こえはいいんだけど、いわゆる校長先生の長話のような話を聞かされるだけ。

そして、『神のご加護があらんことを』で締めになる。

聖典の内容を読み上げているみたいだけど、言い回しが難しすぎて、子どもには何を言っているのかよくわからないらしい。

私も、よくわからないと思う。専門書のような書き方をされても理解できずストレスだけ溜まって終わりだ。


その二、魔力奉納。

神官から祝福を受けた後に、女神像の前へと向かい、その前に置かれている水晶に触れて、魔力を捧げる。

これは、いわゆる戸籍登録のような役割があるらしい。

この国の国民であるという証明のために、魔力を使って個人を識別するのだとか。

私のへっぽこ魔力でも、触れるだけで捧げることにはなるので、そこのところはほっとした。

その三、神からの下賜。

その像のモチーフである女神から、何か授かる。

魔力だったり、技能だったり。場合によっては、神器とか、技能では片づけられないような、特別な力をもらうこともあるらしい。

それは、恩恵と呼ばれているのだとか。


これが、儀式の進め方と大まかな内容である。

つまり、私の当日のミッションは、神官から祝福をもらい、女神像の側の水晶に魔力を捧げ、女神さまからお祝いをもらうといった感じだ。

う〜ん……できるのか？　私に。まぁ、頑張って練習するしかないか。

「大まかな概要はこんなところですが、何か質問などはありますか？」

「はい！」

リカルド先生の言葉に、私は手を挙げる。

「神からの下賜ですけど、神器はともかく、もらえる魔力とか、技能とかも、個人によって差があるんですか？」

「もちろんあります——と、言いたいところですが、魔力に関してはあまり変わらないというのが現状ですね。技能に関しては、種類やその才能にも差があるのですが」

リカルド先生は、そのまま説明を続ける。

どうやら、神からの下賜では、ほとんどの人が魔力を授かるらしい。

でも、その魔力というのも、大量にもらうわけではなく微々たるもので、魔力が下賜されたところで、生活を変えることができる者はほぼいないということを、リカルド先生は説明してくれる。

「なんで、与えられる魔力の量が少ないんでしょう？」

答えに困る質問だったのか、リカルド先生はう～んと悩む。

「そうですね。それは長年の疑問でして、ずっと調べられていたことなのですが、あまりわかっていないのです。神の意志など、我々が知ることはできませんから。ですが、もしやという予想は立てられています」

「なんですか？」

「人々には、魔力を蓄《たくわ》える器のようなものがあると最近の研究でわかってきまして、それが関係しているのではと」

「あっ、魔法の先生に聞いたことある！」

「おや、そうでしたか。ですが、一応は説明しておきますね」

リカルド先生は、五歳にもわかりやすく語ってくれた。

それぞれの体には、魔力を受けるお皿のようなものがあり、魔力はそこに水のように溜まっていく。

でも、お皿の大きさや深さによって、入れられる水の量は決まってしまう。

お皿に溜められる量が、その人が使用できる魔力であり、魔力を使用する時は、そのお皿が傾いているような感覚だ。

つまり、お皿の窪みが浅いと、ちょっと傾けるだけで水のほとんどがこぼれ落ちてしまう。それと同じ原理で、魔力の器の窪みが浅いと、魔力の調整が苦手になってしまう。

お皿が小さいと、そもそもその上に溜められる水の量も少ないので、同じ原理で、魔力保有量も少ない。

つまり、魔法使いとして優秀な器は、器が大きくて、窪みが深いということになる。

お皿というよりは、浴槽とかそんな感じに近いかも。

お皿に関しては調べる方法はなく、経験で予想するしかないのだとか。

いろいろと説明を聞いているうちに、リカルド先生の授業が終わり、お昼ごはんになった。

お昼ごはんが終わってからは、作法の授業だ。

う～ん……憂鬱だなぁ。

◇◇◇

昼食後、詰め込み教育午後の部、行儀作法が始まりました。

お昼ごはん、食べた気がしなかったなぁ。

神官から祝福をもらう時、女神像に魔力を捧げる時はもちろんのこと、入退場や、待機の仕方も結構細かいらしく、私の頭がパンクしないか心配だ。

「では、まずはある程度の流れを確認してから、細かいところを直していきましょう」

「はい」

行儀作法の先生はフウレイ。私も知り合ったばかりの頃は知らなかったんだけど、フウレイは貴族のお嬢さまらしい。マナーがどう見ても平民だったから、腰抜かすくらいに驚いたよ。

しかも、フウレイは講義になるとすごい厳しい。

だから、いつもみたいにはーいなんて気の抜いた返事はできない。

でも、飴《あめ》と鞭《むち》の使い方が上手で、褒めてくれる時はしっかりと褒めてくれるし、ご褒美にとお菓子をくれることもある。

ちゃんと毒味をしてからなのが、ちょこっと悲しいけど、私は王女だし、暗殺未遂もあったから仕方ない。

「まずは、会場内での歩き方からです。わたくしが確認しますので、アナスタシアさまは部屋を一周するように歩いてください」

「かしこまりました」

私は、軽く呼吸を整えて、壁に沿うように歩き始める。

歩き方自体は、儀式に限ったものではないため、そこまで難しくはないけど……途中で叱責が飛んでくる。

「背筋が歪《ゆが》んでおります。きちんと伸ばしてくださいませ」

「顔が下を向いております。アナスタシアさまは王女なのですから、もっと胸を張ってくださいませ」

私は、フウレイの言うように、姿勢を正す。

今度は、それを意識しすぎたせいか、別の叱責が飛んできた。

「視線が上向きになっております。もう少し顎を引いてくださいませ」

「力を入れすぎです。もっと力は抜いてくださいませ」

あーん、厳しいよ〜！

でも、私にこれだけ厳しいのは、文句なんてつけられないように完璧にするためなんだろう。

私は、貴族たちからよく思われていないから余計にだ。

私もそれがちゃんとわかっているから、心の中では文句を言っても、それを口には出さない。

日本でも歩くというのは百合に喩《たと》えられたりもするくらいに、人に大きな印象を与える。

どれだけ姿形が美しくても、姿勢が悪ければその美しさは霞んでしまうけど、逆に姿勢が美しければ、人の目を引くことができる。

だからこそ、どれだけ厳しい叱責を受けても、私は歩き続けている。

それに、エルクトお兄さまの話からして、私を馬鹿にする人たちをあの家族が許すとは思えない。

部屋の一周が終わったところで、私はため息をつきそうになるのを堪える。

フウレイは「お疲れさまでした」と声をかけてきた。

「基本の姿勢は悪くありませんが、時間が経つと崩れてきているところがあります。ですので、長時間でも維持できるようにしましょう」

「はい、気をつけます」

私、しっかりと笑えてるかな……？　疲れて、ぎこちなくなっていそう。

「では、次は神官の祝福を受ける際の姿勢です。男性と女性で少しやり方が違いますので、注意してください。今からお教えしますので、私がドアから入ってくるところから、聖典を読み終わるまで、正しい姿勢を維持していてください」

「かしこまりました」

私は、手取り足取り教えてもらう。

「まずは、神官が現れた時に、膝を地面につけます」

言われたように膝を地面につけて、正座のような姿勢をする。

「それと同時に、手も地面につけてください」

私は膝に置いていた手を地面につけた。

「そして、神官がアナスタシアさまのほうに体を向けた時に、頭を軽く下げます」

私は、会釈程度に頭を下げる。

「大変結構です。これを、聖典を読み終わるまで維持します」

これをずっと……？　正座耐久は、けっこうきついんだけど。

手をつけるだけ、まだましなのか……？

「聖典を読み終えてからのことは、今までの姿勢が及第点まで身についてから教えます。では、わたくしは部屋の外に出ますので、準備してください」

「かしこまりました」

私は、教えてもらったことを脳内で反復する。

ガチャとドアが開き、フウレイが入ってきた時、私は正座になり地面に手をつけた。

そして、フウレイの歩みをよく見て、フウレイがこちらに体を向けた時、私は軽く頭を下げた。

そのままフウレイは演説のようなことを始める。多分、読み上げているのは聖典の内容だ。小難しい文章というよりは、祝詞のような感じ。

とくに書物などを持っている様子はなかったから、フウレイは覚えているのかもしれない。読み上げるのはすべてなのか、一部分だけなのかわからない。

だいたい、五分くらい経ったころだろうか。フウレイの声で、『神のご加護があらんことを』という言葉が聞こえた。

「アナスタシアさま、顔を上げてくださいませ」

私は、フウレイの言葉に従うように頭を上げる。

「姿勢の維持はさほど問題ありませんが、膝をつくまでが少し早いです。たとえ儀式で、相手は女神といえど、王族が敬服しているところなど、貴族たちに見せてはなりません。ですので、最後に膝をつき、最も早く頭を上げる必要があります」

そんな細かい決まりみたいなのもあるのか。これは結構大変だ。タイミングも重要なんだな。

「アナスタシアさまが儀式を受ける際には、唯一の王族ですので、最前列となるはずです。そのため、後ろは見えない状態になりますので、最後に膝をつけるように、ゆっくりとした動きが重要です。アナスタシアさまよりも敬服するのが遅くなったり、アナスタシアさまよりも早く頭を上げてしまえば、貴族にとっては恥となります」

「では、どれほど時間をかければいいのでしょう？」

「具体的な時間は示せませんが、優雅さを意識すればいいかもしれません。片膝ずつ地面につけるのも効果的でしょう。神官の動きをよく見て、神官がアナスタシアさまのほうを向く前につかなければならないので、遅すぎてもいけませんが」

とにかく、ゆっくりやるのを意識するのね。でも、遅すぎてもダメ。

私に微調整は難しいんだけど？　頑張るけどさ。

私がう～んと悩んでいるのが顔に出ていたのか、フウレイは、ある提案をしてくれる。

「知識ではなく、感覚的なことは、わたくしよりも、ヴィオレーヌ王女殿下や、ルナティーラ王女殿下にお聞きになるほうがいいかもしれませんね。お二方とも、王族として儀式を経験しておりますから。王族として素晴らしい振る舞いだったと耳にしております」

ああ、その手があったか！　細かいことは、経験者に聞くのが一番だもんね！

ヴィオレーヌお姉さまは完璧な人って感じだから難しいかもだけど、ルナティーラお姉さまに聞けば、いいやり方を教えてくれるかも！

「では、アナスタシアさま。授業の続きですよ」

私は、そこで現実に戻ってくる。

危ない危ない。集中が乱れていた。

時間調整については後だ。今は、儀式のやり方を学ばないと。

「はい、よろしくお願いします」

私は、軽く呼吸を整えて返事をした。

次は、魔力奉納。

ここからは、特に特別なこととかはない。祝福を終えたら、素早く顔を上げて立ち上がる。これは簡単。終わった瞬間にやればいいから。

そして、順番になったら、女神像まで歩くけど、その歩き方にさえ気をつければいい。終わったら帰宅するだけだ。

ただ、待機が大変な気がする。

「アナスタシアさまは王族ですので、一番最後になります。それまでの間、アナスタシアさまは、その場に立っていなければなりません」

どうやら魔力奉納も、身分が関係してくるらしい。低い順にやって、身分が高い人ほど後になる。王族の私は大トリだ。

出番が来るまで、おとなしく待っていなければならない。

うん、死ぬ。無理だ、絶対に無理だ。正座耐久の次は、直立耐久なんて。

私は五歳で、まだまだ動きたい盛りなのに。

なんでお姉さまたちは耐えられたの？

「椅子に座っていたいです……」

「それは難しいかと……儀式さえ終えてしまえば、退出できますが」

「それなら、私が先に終わらせられれば……」

それでいいじゃん。私が一番最初に終わらせてでいいじゃん。

少女式では、私と同い年の貴族の女の子が全員集うのだ。他の貴族たちも側室とか持っていたりするし、人数なんて、十人とかそこらじゃないはず。

私が長い時間、ずっと立ったままは絶対に無理だって！　特に、正座して足が痺れているであろう状態でなんて！

「アナスタシアさまが進言すれば、順番や待機の姿勢などは多少であれば変えられるでしょうが、

「それでは好印象を与えるのは難しいかと……」

ああ、そうだ。ここの貴族の人たちは、粗《あら》を探すどころか、粗を作らせてそれを広める人たちだ。

たとえ、私がお父さまとかに訴えて口出ししてもらっても、それはお父さまが悪いとはされず、わがままを言った私だけが悪いと言われるだろう。

私が何も言わずに、家族が気を遣って言ったとしても、結果は同じになるだろう。

少女式は、私のイメージを変えるにはピッタリの行事だ。

誰も文句のつけられない王女として振る舞うことができれば、私を表立って悪く言う人は、ほんの少しだとしても減るだろう。

家族や使用人の皆も、きっとそれを望んでいる。悪評を変えるには、周りだけでなく、本人も動かなきゃダメなんだ。

それなら、耐久の特訓をするしかない！

待機中の間は、たとえ辛くても顔に出ないように、ポーカーフェイスの特訓も追加でやろう。

正座耐久はルナティーラお姉さまに手伝ってもらって、ポーカーフェイスはヴィオレーヌお姉さま辺りがいいんじゃないだろうか？

うん、それがいい！

「アナスタシアさま。表情が崩れています」

「はい」

まずは、この授業を終えてからだな。

◇◇◇

授業が終わってからさっそく、ルナティーラお姉さまのところに来てみた。

お供には、ザーラとヒマリさんを連れてきている。

お姉さまは、私を膝の上に乗せながら話してくれる。私は対面でもよかったんだけど、さりげなく乗せられた。

「少女式ねぇ～……あまりはっきりとは覚えてないけど……」

まぁ、無理もないか。

お姉さまと私の年齢差は七歳。

七年前、それも子どもの頃なんて、記憶が曖昧《あいまい》になるものだ。

「でも、私も祝福を受ける時の姿勢は辛かった覚えがあるわね。こっそりと片足を立てたりしていたもの」

「えっ!? そんなことやって、気づかれないんですか!?」

「私は最前列だったし、ドレスで隠れてしまっているもの。特に敬服している姿勢だと、足なんてまったく見えないわよ。儀式用のドレスは、普段着よりもゆったりとしているから余計にね」

なるほど。最前列というのと、ドレスを生かした楽な姿勢か。

確かに、あまり気にならないだろうな。むしろ、お姉さまの美しさの前では、それに気づかれてしまったとしても、気づかないふりをしてもらえそう。

「コツはね、余裕でそれをやることよ。下手に焦ると変に思われちゃうもの」

「私には難しそうです……」

私って、すぐに顔に出ちゃうみたいだから、余裕そうに演じることは不可能な気がする。

やっぱり、ヴィオレーヌお姉さまに頼むしかないかな。

「それなら特訓あるのみよ！　本当は嫌だけど……ヴィオレーヌ姉上や母上たちにも頼みましょう」

「……えっ？」

少し本音が聞こえた気がするけど、問題はそこではない。

いや、ヴィオレーヌお姉さまはいいんだ。私も考えていたところだし。

でも、母上たちってことは、ルルエンウィーラさまとか、アリリシアさまとか、シュリルカお母さまもってことだよね？

教育に関しては、ルルエンウィーラさまはともかく、アリリシアさまとシュリルカお母さまは、厳しいなんてものじゃないんだけど……

「お、お姉さまたちに教えてもらえば――」

「ほら、もう一ヶ月もないんだから、今日から始めるわよ。あなたたち、ヴィオレーヌ姉上と母上たちに伝えてきなさい」

「いや、だから――」

「さぁ、まずはできるだけ長く姿勢を維持できるようにするところからね」

お姉さまは、私が止める暇もないくらいにテキパキと使用人に指示を飛ばして、私の特訓計画の立案を始める。

そうだった。ルナティーラお姉さまはこういうところがあるんだった。

プレゼントを渡しに行った時もこんな感じだったな。

「ほら、アナ。返事は？」

「はーい……頑張りまーす」

ザーラ。ヒマリさん。帰ったら甘いお菓子を用意しておいてね。


いよいよ、少女式当日。

私は、儀式用のドレスに着替えていた。これから、馬車に乗って、会場の神殿へと向かう。

(確かに、ずいぶんとゆったりしてるなぁ)

私は、着ているドレスを見ながら、ルナティーラお姉さまの言葉を思い出している。

ドレスは、イメージでいうと、ウェディングドレスに近いけど、あそこまで豪華な感じではない。

私のドレスは、白を基調にして、ヘアアクセサリーは青になっている。

儀式用の服装は、最低限の基準というものが三つある。

・白、または青を基調とするドレス
・ドレスのどこかに家紋を入れる（貴族の場合）
・白、または青を基調とするアクセサリーをつける

この三つだ。

これさえ満たされていれば、ドレスの形や装飾品などに細かい指定はないけど、ほとんどは私みたいなゆったりとしたドレスが多い。

私の場合は、裾も袖も長いので、本当に動きにくい。

一応、それでも動きやすいようにか、足首までの裾丈にはなっているけど、それでも動きにくいことは変わらない。

ちなみに、ドレスやアクセサリーの色の指定が白か青なのは、女神様を象徴する色だとリカルド先生に教えてもらった。

私が、ドレスを観察しながらも、部屋でおとなしくしていると、こんこんとドアをノックする音が響く。

「アナスタシアさま。お時間でございます」

「今行く」

ザーラが呼びに来てくれたので、私は転ばないように、ただでさえ小さい歩幅を、さらに小さくして歩く。

ここで転んだら、白いドレスに汚れや皺がついてしまうから。

そんな服で出たら、どれだけ所作が完璧でも意味がない。私の名誉挽回の機会を棒に振ることになる。

単純に、せっかく可愛く着飾ってもらったから、汚したくないというのもあったけど。

どちらにしても、ドレスを汚して今までの努力を水の泡にするわけにはいかない。

ここからが正念場だと、私は決意を胸に宿した。

◇◇◇

外では、家族が待ってくれていた。

私が外に出てくると、ルナティーラお姉さまがきゃーと歓声を上げる。

「かーわいいー!」

いつもなら抱きしめてくるルナティーラお姉さまが、きゃーと歓声を上げるだけなのは、ドレス

の形を崩さないためだろう。

そんな気遣いができる人だから。

「アナスタシア」

「シュリルカお母さま」

声をかけてきたのは、シュリルカお母さま。

「頑張りなさい。わたくしたちの教えを忘れなければ大丈夫です」

「はい」

忘れたくても忘れられないけどね、あんな特訓。

まさか、特訓中は給水以外の休憩がないとは思わなかった。

子どもの体力じゃなければ、今ごろはベッドの上だと思うくらいには、体を動かしていたような気がする。

エルクトお兄さまから、珍しくお菓子の差し入れがあったくらいだから。

渡される時、同情の目で見られたしね。

「そうそう。妨害されたら、わたくしたちに言いなさいな。その人にきちんとお話ししておきますから」

ルルエンウィーラさまが、笑顔でそう言ってくる。

それがいつもの女神ではなく、冷酷な女王さまのような目をしていたのは、気のせいだと思いたい。

というか、妨害されること前提なんですね。私、どれだけ嫌われてるの……？　妨害はないことを祈ろう。

時間もないので、家族との会話はこれくらいにして。

「では、行ってきます」

今日一日、お姫さまモードで頑張るぞ！

◇◇◇

私は、馬車に揺られている。王族が乗る馬車なだけはあって、ふかふかだ。

この世界に生まれてから初めての外なので、見るものすべてが新鮮だった。

神殿とはいえ、私はお城の外に出るわけなので、護衛がいる。

エルクトお兄さまが言っていた、仮の護衛騎士というやつだろう。

外に二人、馬車の中に一人いる。

全員女性なのは、家族からの気遣いだろうな。

だけど……護衛だから、私と仲よくお話しなんてしてくれず、別の意味で気まずくなっていた。

「あの……ダレス」

気まずい空気に耐えかねた私は、一緒に乗っている護衛騎士……ダレスに声をかける。彼女は、以前にも私の護衛をしたことがある。ルナティーラお姉さまの専属かと思ってたから、私につけられたことには驚いた。

ダレスは、特に嫌がる素振りも見せずに返事してくれた。

「なんですか？」

「神殿までどのくらいかかるのでしょう？」

「もう半分ほど移動しましたから、五分くらいでしょうか」

「思っているよりも近いのですね」

「そうかもしれませんね」

以上、会話終了。

まったく会話が続かないよ！　私がなんとか話題を振っても、ダレスは事務的な返事しかくれない。

護衛だから仕方ないとはわかっているけど、せめて真顔はやめてほしい。嘘でもいいから、笑顔で返事してくれないかなぁ。

「どうされましたか？」

「いえ、何も」

早く神殿に着いてくれー！

◇◇◇

神殿に近づくにつれ、馬車の数が増えるのを見るたびに、私の緊張もどんどん大きくなっていく。

ついに馬車が止まった。神殿に着いたという合図だ。

馬車のドアが開いた瞬間、ダレスは立ち上がり、周囲を見渡した。

そして、馬車の外に降りて、同じく護衛としてついてきた女騎士たちと何か話している。

声が小さくてはっきりとは聞こえないけど、危険がないかとか、これからの日程の確認だろう。

私は王女らしく、おとなしく馬車で座ったまま待機する。

三分ほどで、ダレスが私に声をかけてきた。

「アナスタシアさま。外に出ましょう」

「ええ」

私は、差し出された侍女の手に、自分の手を置きながら、ドレスの裾を踏んづけないように、そっと足場に足を置く。

私は、焦りとか不安が顔に出やすいから、周りに心情を悟られやすいと、お母さまたちからは言われた。

なので、どんな時でも柔らかい笑みを浮かべる特訓をして、私は余裕ですよ、不安なんてありませんよ感を出している。

周りは、まさか私が裾を踏むかもと焦りまくっているとは思うまい。

貴族の女の子たちは、私のほうを見てひそひそとしている。目が合うと、にこりと笑みを向けておいた。

その子たちは、気まずそうにさっさと神殿に入っていく。

『どんな時も笑みを絶やさずにしておきなさい。余裕を見せれば、下手に手出しはされません』

アリリシアさまの教えを守り、私は常に人には笑みを向けている。

この調子で儀式を乗りきろうと、私はダレスたちに目配せした後、神殿に入った。

神殿で、一人の神官らしき女性に会う。

「ようこそおいでくださいました、アナスタシアさま。私はリアンと申します。少女式の間、アナスタシアさまの担当となりますので、何かあればお申し付けくださいませ」

私は、周囲をちらりと見る。周りの数人の令嬢たちも、目の前の女性と同じ格好をした人と何やら会話している。

この人は、本当に神殿の人みたいだ。それなら大丈夫かもしれない。

もし私の身に何かあれば、神殿も責任を取らされる可能性もあるし、神殿の人たちは下手なことはしないと思う。この人は信用してよさそうだ。

「こちらこそ。では、会場に案内してくれますか」

「あっ……えっと……」

私が案内してと言うと、とたんに動揺する。

うん？　おかしなこと言った？　少女式に来たんだから、連れていってというのはおかしなことではないよね？

私がリアンさんを観察すると、周りをチラチラと見ている。

私も同じように見てみると、他の令嬢たちについている神官が焦ったように何かを令嬢に訴えている。

令嬢たちは私のことに気づくと、ぎょっとして、さっさとどこかに行ってしまった。

なんだろう？　とその様子を見ていると、リアンさんが声をかけてくる。

「では、ご案内いたします」

えっ？　今？

そう思ったけど、私はリアンさんの案内についていく。

念のために警戒は怠らなかったけど、特に何もなさそうだった。

なんであんなことをしたのだろうと思いながらも、今は少女式を無事に終えることが第一だ。

考えるのであれば、馬車に戻ってからにしないと。

「あちらでございます」

リアンさんが手で示したのは、高さが三メートルくらいはありそうな大きなドアだった。

その前に、三人の令嬢と担当であろう神官たちがいる。その令嬢たちは、先ほど私をぎょっとした顔で見てきた子たちだった。

令嬢たちは、次々とドアの中に入っていく。どうやら、あそこが会場のようだ。

全員が入っていくと、今度は私の番のようで、ドアの前まで連れていかれる。

「では、いってらっしゃいませ」

そう言ってくれたリアンに、私は笑みだけ返しておいて、中に入った。

その時、部屋にいた令嬢たちの視線が一斉にこちらを向く。

私はドキッとしたけど、すぐに笑みを浮かべた。

ふっふっふ。むしろ見るがいい。

シュリルカお母さまと、アリリシアさまと、ヴィオレーヌお姉さまの、スパルタをはるかに超える一ヶ月の地獄の耐久を乗り越えた、私のこの歩きを！　美しい所作を！

私は立ち位置に移動しながら、令嬢たちを観察する。

かなりの人数だ。ざっと数えただけでも、百人はいるんじゃないだろうか。

この国は側室とかが当たり前にいて、貴族とか王族は兄弟が多いから、同性の同年代がこんなにたくさんいてもおかしくないけど、この光景を目にすると改めて壮大さを実感する。

私が立つ位置は、右端の最前列。ドアから最も近い位置だけど、会場内が広いので少しは歩かなければならない。

この並びは、身分が関係している。

右にいくほど、前であるほど身分が高い。

つまり、右端の最前列は、一番位が高い人が立つ位置。

私が所定の位置の近くまで来ると、私を見ていた女の子とばっちりと目があった。ひとまず微笑みかけておく。

その子は私の隣なので、普通に考えれば、公爵家とか、それなりの家柄のはずだ。

貴族とかとろくに交流なんてしていなかった私は、誰なのかさっぱりわからない。

私が所定の位置に立ってからしばらく、ギイとドアの開く音がする。

それは、私が入ってきたドアとは、反対側から聞こえてきた。

私は、心の中で叫ぶ。

(ふぉーー!!)

その神官は長髪の男性で、かなりのイケメン。なんとなく神秘的な雰囲気を漂わせていて、神さまと言われても信じるかもしれない。

私がちらりと横に視線を向けると、他の令嬢たちも顔を赤くしているので、ほぼ同じ感想を抱いているらしい。

しばらくして、一人の令嬢がはっと我に帰ったような表情をすると、その場に正座する。

皆もやばいやばいと正座して、最後に私が、ゆったりとした動作で、地面に膝と手をつけた。

イケメンに心奪われそうになっても、儀式の作法を頭から飛ばしたりはしていなかった。

これが前世持ちの余裕というやつですよ、ふっふっふ。

私が敬服してから間もなく、その神官は聖典を読み上げていく。

本を持っていたかはわからない。顔にばかり注目していて、持ち物を気にしていなかったから。

そしてその声も、透き通るような美しい声だった。

なんというか、なんとも言えない心地よさがあって、眠くなってくる。ここで眠るわけにはいかないので、必死に抑えているけど。

だからといって、私は読み上げが終わってすぐに頭を上げなければならないので、聞き流すわけにもいかない。

私は、別の意味で神官との戦いを強いられていた。

約五分後、イケメン神官の「神のご加護があらんことを」という言葉が聞こえて、私は素早く立ち上がる。

(あぐっ!)

ずっと正座していたところを素早く立ち上がったからか、足が痺れている。

気合いで耐えているけど、下手をすれば生まれたての小鹿よりひどくなる。

この状態で直立耐久……できるのか?

◇◇◇

私は、表向きは王女らしく凛々《りり》しく立っているけど、内心は死んでいた。

もう、退屈と足の痺れのダブルパンチで、まったく力も入らないし、姿勢と表情を維持するだけで精一杯になっていた。

「エリシア・リナ・ラフィティクトさま、前へ」

「はい」

私の隣から声が聞こえた。

ぽけっとしている間に、私の隣まで順番が回ってきていたらしい。

ラフィティクトと言えば、王国でもかなりの力を持つ公爵家だ。

そういえば、私と同年代の令嬢がいるんだったっけ。

その公爵家の令嬢ならば、私の隣なのも頷ける。

「水晶に手を」

イケメン神官がそう言うと、エリシアと呼ばれたその令嬢は、そっと水晶に触れる。

その瞬間、水晶が放ったまばゆい光が部屋中に広がった。

水晶から放たれたその光は、青い光と黄色い光が混じっていてきれいだった。

私がその美しさにしばらく見惚《みと》れていると、だんだんと光が収まってくる。

完全に収まると、エリシアさんはすっと水晶から手を離した。

「あなたは、リルディナーツさまにこの国の民と認められました」

「女神の加護に感謝します」

エリシアさんは、そう言いながら胸の上で手を交差させて、女神像に一礼する。

神からの下賜が終わったら、あれをやるんだったね。覚えてるよ。

エリシアさんが頭を上げると、すたすたと歩き私の隣に戻ってきた。

切り替えが早いな……と呆然としたのもつかの間。

「アナスタシア・ヴィラ・アルウェルトさま」

「はい」

私の番が来た。前に出て、女神像と向き合うように立つ。

女神像と同じ向きをしているイケメン神官とも、必然的に目が合った。

「アナスタシアさま。水晶に手を」

私も、先ほど見ていたのと同じように、水晶に触れる。

すると、左手から何かが水晶のほうに流れて、右手には水晶から何かが流れてきた。

それに気づいた瞬間、水晶は淡い光を放つ。先ほどのエリシアさんとは、その輝きは比べ物にならない。

というか、私のなんてほとんど輝いていない。

あの輝きは魔力量だったのかと気づくと同時に、私の意識がふっと軽くなり、目の前が真っ白になる。

それを理解する暇もなく、気づいたら私は白い空間に立っていた。

「久しぶりね。異世界生活は楽しんでいるかしら？」

女性の声が聞こえて、振り返ると、そこにはあの女神像にそっくりな女性がいた。

「あなたは……」

私がうわ言のように呟くと、それに答えるように女性は言った。

「私はリルディナーツ。この世界の神の一人よ」

そう言って女性――リルディナーツさまは微笑んだ。

◇◇◇

『リルディナーツ』

その言葉を聞いた時、私の脳内に膨大な記憶が流れ込む。

その情報量は、子どもには負担が大きすぎて、私はくらくらになっていた。

「大丈夫かしら……？」

「ら、らいじょーぶれす……」

まだくらくらしながら答えるが、主観的に見ても、大丈夫じゃないのは確実だ。

「それで、思い出したかしら？　約束のこと」

「え～っと……約束してたような……してなかったような……」

一気にフラッシュバックしてきたお陰で、約束事がなかなか思い出せない。

うん。約束したような気はする。でも、なんだっけ……？

うんうんと悩んでいる私を見て、リルディナーツさまは、はぁとため息をついた。

「してたわよ。あなたの要望を叶えるから、私の代わりに神器を回収してって言ったわよね!?」

「ああ、そうでしたそうでした！」

私はそれを言われて、やっと以前に見た夢のことをはっきりと思い出した。

「夢……？　記憶の断片が残ってたのかしら。私とのやり取りに関しては完全に消したと思ったんだけど」

「記憶の……断片？」

「ええ。あなたがその体に同化しやすくするためにほとんどの記憶を消したのよ。思い出した？」

リルディナーツさまにそう言われて、私もだんだんと記憶が戻ってきた。私は、神器の回収を頼まれて、それで……

『私に神器をくれるってことですか？』

『ええ。神器に対抗するには神器しかないもの。最初から渡すつもりだったわよ。私が選ぶ強い神器をね！』

こんな会話をしていたような気がする。それで、神器をもらえることにわくわくしてたら、『ただ……』とリルディナーツさまが水を差してきた。

『バランスを保たないといけないから、神器を与えるとなると、その分、あなたのステータスを低くしないといけないのよね～……』

『それって、私がポンコツになるってことですか⁉』

『そうよ。だって、神器に加えて、あなたまで最強にしたら、さすがにバランスが崩れちゃうわ。世界の崩壊を防ぐためのものなのに、悪化させたら意味ないじゃない』

その時、私はそれはそうだと思いながらも、納得できずにぶつくさと心のなかで文句を言っていた。

すると、リルディナーツさまがある提案をしてくれたのだ。

『私が知る中で、最強の一家に転生させるわ。そして、あなたはその娘の体と同化する。そうすれば、世界最強は無理でも、それなりにはなれるんじゃない？』

私はこの提案に乗っかって、転生した。このやり取りを忘れた状態で。

「ちゃんと思い出せたみたいね。よかったわ」

リルディナーツさまは嬉しそうだけど、私は不満たらたらだった。

「なんで記憶消したりしたんですか～！」

「ちゃんと理由はあるわよ。あまりにもたくさんの記憶が残っていると、アナスタシアを別人のように考えてしまって、うまく同化できないの。そうなったら、あなたをあの家に転生させた意味がなくなるじゃない」

「そ、そうだったんですか……」

私のことを思ってということになると、素直に怒ることができない。

「まぁ、記憶しか消すことはできなかったから、知識だけは残っていたんだけど、それすらも同化の邪魔になっちゃったみたいね～。見守っていたけど、なかなか同化できていなかったわ」

「それじゃあ、結局大して意味がなかったんですか？」

私は何のためにこれまで苦労したんだと項垂れる。

「いや、まったく意味がなかったわけじゃないわ。あなたがアナスタシアとして生きるようになってからは、アナスタシアの体があなたの意志を受け入れるようになってきたから、以前よりも多くの魔力を取り込めるようになってるの」

「どれくらいですか？」

「一般人よりも気持ち多め……くらい？」

う～ん……私の想像するチートには届かないけど……それでも、ろうそく程度の火を魔法で出して倒れる頃に比べたら、かなりましになってるな。

「それでも私は満足です！」

私が元気にそう言うと、なぜかリルディナーツさまはほっとするような表情を見せた。

なぜに？

リルディナーツさまは、気を取り直すようにごほんと咳払いする。

「とにかく、特に何の問題もなかったから、少女式の今日、神器を渡すわね」

「いや、暗殺者に狙われたりとかありましたよ？」

「そんなのは問題のうちには入らないわよ〜」

問題だと思うのになぁ。

リルディナーツさまは、パチンと指を鳴らす。すると、私とリルディナーツさまの間に、時空の穴みたいなのができて、そこから何かが飛び出した。

「うわっ！」

私が驚いて後ずさりすると、それは重力に従うように、地面へと落下する。

そこには、煌びやかな剣が落ちていた。

「下界に残っている神器に対抗できて、バランスを壊さない程度の強さに厳選した神器よ。手に取ってみなさい」

私は、指示通りにそれを拾い上げる。

すると、何かが頭に流れ込んできた。これは、神器の情報……？

「何かが伝わってくるでしょう？　それは、神器の名前よ。その名を口にすれば、神器が現れるの。でも、いろいろと制限があるから、よく覚えててね」

リルディナーツさまは、それから注意事項を説明してくれた。

まとめるとこんな感じ。

・神器は、普段は私の精神と同化しており、名を口にすることで実体化できる。（神器の同意なしでも可能。神器の意思でも実体化できる）

・体に負荷がかかり、命も危険なため、今後複数の神器を手に入れても同時使用は禁止。（具現化だけならオーケー）

・神器の力を使えるのは、神器も同意した時のみ。

・私の神さまのお手伝いは、機密事項のため、いついかなる時であっても口外禁止。

「あの、同時使用がダメなのはわかるんですけど、力を使う時に、神器たちの同意が必要な理由と、誰にも話しちゃいけない理由はなんですか？」

「本来なら、人間に神器を与える時点で、世界のバランスに大きな影響を与えているの。それなのに、あなたに好き勝手使われちゃったら大変でしょ？　だから、彼らの了承がないと力を使えない仕様にしたってわけ。力が封印されている状態で振り回すくらいなら問題ないしね」

「はー、なるほど」

そう言われると、納得できる部分もある。

信用されていないのかと思わなくはないけど、それなら、本来の目的以外では絶対に使わないのかと聞かれれば、イエスと即答することはできない。

たとえ神器の仕業じゃなかったとしても、家族や親しい人に危険があれば、遠慮なく使っちゃいそうだから。

「そして、話してはいけない理由は、因果というものがあるからなの」

「因果……？」

「地球の言葉で言う、フラグに近いかしら？　下手に話をしてしまうと、その人物を巻き込みやすくなるの。なんで？　と聞かれても、そういうものだからとしか言いようがないわ。神の力って、そういうのにも働きやすいのよ。あなたも、家族を危険な目に合わせたくはないでしょう？」

私は、力強く頷いた。

私の家族は、確かにチートだしハイスペック。でも、神器は、それを遥かに超えてくるかもしれない。神さまが直接分け与えた力なのだから。

私が頼まれていることは、かなり危険なこと。だからこそ、家族たちは巻き込みたくない。

「あっ、でも、神器のことを話したらダメなら、下賜されたものを聞かれたらなんて答えれば……」

「それなら安心しなさい。魔力も渡しておくから、魔力をもらったと言えばいいわ」

「はい、わかりました」

それならひと安心だ。

他に、何か聞いておきたいことは――と思ったところで、リルディナーツさまが「さて」と口にする。

「そろそろあなたを元の場所に返さないとね。いつまでもここにいるのも問題だし、下賜があまりにも長引くのはよくないしね」

「えっ、まだ聞いておきたいことがあるんですけど……」

「それならまた来ればいいわよ。あなたには危険なことを頼んでしまうし、元はといえば私たちの責任でもあるから、神器のことや、もちろんそれ以外でも、何かあったらいつでも頼りなさい。祈ってくれれば、またこうやってお話ができるから」

それならその言葉通り、また来ることとしよう。家族に心配をかけるわけにもいかないしね。

「それじゃあ、また何かあったら来ますね！」

「ええ、気をつけてね」

リルディナーツさまがパチンと指を鳴らすと、私の体は光に包まれた。

◇◇◇

光が止むと、そこは私が先ほどまでいた場所だった。私は、水晶に手をかざしている。

戻ってきたことを実感すると同時に、神官のある言葉が聞こえた。

「あなたは、リルディナーツさまに、この国の姫と認められました」

私は、一瞬理解が追いつかなかったけど、すぐにはっとなって、習った通りの言葉を口にする。

「女神の加護に感謝します」

私はそう言って、目線だけでお辞儀した後、所定の位置に戻った。

イケメン神官は、私が戻ったのを確認すると、発言を始める。

「これにて、すべての儀式を終了といたします。皆さまに、神のご加護があらんことを」

そう言って、イケメン神官は去っていった。少女式、終了の合図である。

そこからはもう早かった。

少女式が終われば、身分の高い者から順に部屋を出ていくので、私が真っ先に儀式の部屋から出て、リアンさんと合流。

リアンさんの案内で馬車に颯爽と乗り込む。

馬車の中には、すでに護衛のダレスがスタンバイしていた。

「はぁあああ〜……」

私は、大きくため息をつく。これは、ずっと王女の仮面をつけていた疲れと、無事に乗り切れた安堵のため息だ。

「アナスタシア王女殿下……」

ダレスがなんだか呆れているけど、もう許してほしい。

私が王女の仮面をずっと被り続けるのは、元から不可能なのだから。むしろ、少女式の間、ずっと保てていただけでも褒めてよ。

『情けねーやつだなぁ』

バカにしたような言い方をする男の子の声が、脳内に響く。

情けないとは言ってくれるじゃないかこのやろう！

私は、だらけきった体を引き締めて飛び上がった——ところで、違和感に気づく。

えっ？　今の声は何⁉

私は辺りをキョロキョロと見渡すけど、それっぽい声の主は聞こえない。

というか、この声は聞き覚えがある。そう。それは、ついさっき、あの空間で——あっ、そういうことか。

「アナスタシアさま、いかがなさいましたか？」

「あっ、ううん。なんでもないよ」

私は、心配そうな顔をするダレスに言う。

ダレスは、不思議そうな顔をしたけど、とりあえずはもう聞かないでいてくれるみたいで、いつもの真顔に戻った。

ダレスを誤魔化せたところで、私は先ほどの発言の意図を問い詰める。

『ちょっと、情けないってどういうこと⁉』

声には出していない。これでも、彼――神器には聞こえるのだ。

『そのままの意味だ。あの程度でくたばるなんてなぁ。先が思いやられるってものだろ』

どうやらこの神器は、私を主とは認めておらず、リルディナーツさまの命令だから協力しているという感じだった。

情けないなんて言ってくれるじゃないか。

『私、あなたの主になったんだけど？　リルディナーツさま直々のご命令で』

剣は、ふんと鼻息を荒くするように言う。

『リルディナーツさまの命令だから仕方なく協力してやるって言ってるんだ。他のやつらは不満たらたらだったからな』

えっ？　そうだったの？　まさかの、私の味方の神器はいない？

『まぁ、選ばれたのは俺が金級《きんきゅう》の神器だからってのもあるんだろうけどな』

『どういう意味？』

『足手まといがいても大丈夫って意味だ』

足手まといだぁ⁉　確かに私は強い力は持ってないけど、王女という立場は神器探しに役立つかもしれないのに。

そんなに私が気に入らないなら実体化でもして、一人で探してればいいでしょ！

『部外者がいるのにできるわけねぇだろ！』

あっ、そこはちゃんと考えてくれてたんだ。

よくよく考えたら、神器のことを内緒にしないといけないから、人前では実体化できないもんね。

『それくらい頭に入れとけよ。やっぱりバカ主だな』

誰がバカ主だこらぁ！

『お前が』

質問してたんじゃないよ、怒ってるんだよ！　その剣、叩き折ってやろうか!!

私の怒りとは裏腹に、剣はさらに鼻で笑う。

『無理無理。バカ主の貧弱さじゃ』

こんの……！

それからも、いろいろとからかわれたりおちょくられたりした。

王女の仮面を外した私は、神器のおちょくりに対しての感情が顔に出ていたため、私が突如として百面相を始めたことを、ダレスに不気味がられてしまったのは、また別の話である。

少女式は無事に乗り切ったけど、これからのことに不安が生まれてしまった一日だった。

第四章　神器との共同生活

少女式を終えた翌日。

私は、久しぶりの、のんびりまったり生活を謳歌《おうか》——していなかった。

『ごろごろすると豚になるぞ？』

「そんなにたくさん食べてないから」

『寝てる暇があるなら勉強でもしとけ』

「この国の平均には追いついてるから」

剣がずっと語りかけてくるから、体は休めてても、心はまったく休まらない。ちょっとは静かにしてくれないかな……！

『なら、ちょっとは鍛練でもしとけ。いくら俺が強くたって、お前が弱かったら意味ねぇし』

神器はどれも強力なんだけど、やっぱり差と言うものは出てくる。

私が授かった神器がどんなものなのか。

——神雷《しんらい》の金剣《きんけん》。

それは、雷の力を宿している黄金の剣だ。

素材の質が段違いにいいので、普通に剣としての性能も高い。

魔力を貯めることも可能だ。

剣の雷を身に纏っての高速移動や、筋肉に電気のような刺激を与えることで一時的に筋力を上げたり、体を固くしたりなんていう、ドーピングのような技もできる。

魔力を消費するが、剣を振ることで雷を刃のように飛ばすことも可能なので、遠距離戦にもある程度対応できるらしい。

ちなみに、初日に剣が言っていた『金級』というのは神器の強さを示す等級のようなもので、金級は一番強い白金級《はっきんきゅう》に次ぐ強さらしいので、強さはお墨付きだ。

確かに、私が自由に使えたとしたら、恐ろしすぎるな……制限がかかっていて、不便なはずなのに、どこかほっとしている私がいる。

『そんな心配しなくても、お前の力じゃ俺の力の半分も使いこなせねぇだろうから大丈夫だ』

なんだとこのやろう。否定はできないけど。

まったく。馬車で邪魔するなとか言ってたくせに、私の思考は邪魔してくるんだから。

あの時のダレスをごまかすの大変だったんだからね？　少女式で何かあったのかと小一時間ほど問い詰められたんだから。

お姉さまたちにも報告がいったのか、少女式の時の詳細を聞こうと、お姉さまたちが頻繁に離宮に来てしつこいし。

疲れてるから休ませてよと訴えて、やっと来なくなったくらいなのだから。

『いや、それは表情に出したお前が悪いだろ』

確かに、そうかもしれない。ダレスが目の前にいるのに、表情を取り繕おうとしなかったのは私の落ち度だ。でも、その原因は、間違いなくこの神器のおちょくりだ。

それなのに自分は無関係で通ろうとするのは、なんか腹立つ。

『じゃあ、私のためを思って静かにしてくれない？　そうしたら表情に出ないと思うし』

『考えとく』

絶対にやめないなと察して、私は深くため息をついた。

◇◇◇

そのまた翌日。私と神器の相性が最悪のまま、リカルド先生の授業が始まった。

少女式が終わってからは、初めての授業だ。

さすがに、授業中に声をかけられたくはなかったので、授業が終わるまでは静かにしてと十回くらい言い含めたからか、脳内は静かだ。

結局、まだおちょくりをやめさせる方法は思いついていない。

「では、アナスタシア王女殿下。久しぶりの授業ですので、前回の復習から始めましょう」

いつもの真顔でリカルド先生はそう言うけど、私はあることに突っ込まずにはいられなかった。

「あの……前まで姫さまだったのに、なんで殿下なんて……」

「アナスタシア殿下は少女式を終えられ、国の正式な王女としてリルディナーツさまに認められたためでございます。ですので、殿下と敬称をつけさせていただきます」

言われてみれば、ザーラたちも、最初は私のことを『アナスタシア殿下』と呼んでいた。私が前の呼び方にして欲しいと頼んだら直してくれたけど、あれはそういう意味があったのか。

料理長も私のことはアナスタシアさまと呼んでいたのに、エルクトお兄さまのことはエルクト殿下と呼んでいたな。

多分、これからはアナスタシアさまという呼び方は、私が許さないとダメなんだろう。それなら、しばらくは名前の呼び方の訂正が大変になるかもな。

「以前の呼び方で呼んでくださいますか。私はそのほうがいいのです」

私は、お姫さまらしく許可を出してみる。フウレイに鍛えられた私は、すんなりとお姫さまモードと素の状態を切り換えられるようになっていた。

「そうですか。かしこまりました、アナスタシア姫さま」

リカルド先生は、私の言葉に素直に従う。

うんうん。生徒と先生だもん。これくらいの距離感がちょうどいいよね。

「では、復習です。以前は、王家のことを学ばれていましたね」

「はい」

「では、ここで一度覚えていらっしゃるか確認をします。初代国王と初代王妃の名をフルネームでお答えください。前回の授業でお教えしましたので、答えられるはずですよ」

「え、え～っと……」

初代国王と初代王妃……？

確かに習った覚えはある。でも、ものすごく長ったらしくて、全部は覚えてないよ！

確か、国王がヴィルディロート・フォン・ローレ……ローレン？　ローレル？　ああ、どっちだったっけ!?

『国王はヴィルディロート・フォン・ローレル・ルーフェ・アルウェルトで、王妃は、フロレンス・フォン・ローレル・デューク・アルウェルトだ』

私の脳内に、剣の声が聞こえる。

ああ～、そうだった――じゃなくて！

『なんで知ってるの？』

私は、なるべく表情に出さないように聞いてみた。

『国王は知り合いの神器の主の上司だったから、名前を知ってるだけだ。王妃のほうは、その女に片思いしてたやつが知り合いの主だったからな。こっぴどくフラれたらしいが』

初代国王の部下？　王妃さまに惚れてた？　そしてフラれたってことは、告白したの？

それぞれの主のことは、一言ずつでしか説明してないのに、破壊力がありすぎる。

一体、どんな人だったんだか。

『変人』

剣は、すわった声で言った。

……うん、何も聞かないでおこう。

「アナスタシア姫さま。わかりませんか？」

いつまでも黙ったままの私が気になったのだろう。リカルド先生が声をかけてくる。

剣が教えてくれたから、フルネームもわかる――だけど。

「ファーストネームは覚えていたのですが、フルネームまでは覚えていません」

私は、リカルド先生に正直に告げる。

リカルド先生は、特に怒ったり呆れたりすることもなく、普通に教えてくれた。

それは、先ほど剣が教えてくれた名前と同じだった。

結局、私が基本も覚えていなかったので、今回の授業は前回までの復習で終わった。

授業が終わって、部屋に戻ったところで、剣が語りかけてくる。

『お前、なんで知らないなんて言ったんだ？　教えてやったのに。俺が嘘を言うとでも思ってたのか？』

わざわざ教えたのに、私が覚えてないと言ったからか、剣はなぜか不満そう。

う〜ん……そういうわけではないんだけどな。

『あなたに教えてもらって思い出したのを、覚えていたとは言わないでしょ』

もし、あそこで剣に教えてもらったのを内緒にして、覚えているふりをしていたらどうなっていたか。

きっと、私が前回の内容をきっちりと理解していると考えて、授業を進めていただろう。

そうなってしまったら、前回のこともろくに覚えていないのだから、授業の内容なんて理解できるはずもない。

そんな態度で授業を受けていたら、リカルド先生に失礼だ。

私を家族と差別しない数少ない人を、敵に回すようなことはしないほうがいい。

まぁ、言葉を飾ればリカルド先生に迷惑をかけたくなかったからということになる。

結局は、リカルド先生に悪印象を抱かれずに、私の味方のままにしておきたかったという自分本位な理由なわけだ。

お姉さまたちは私のことを優しいというけど、私も結構打算で動くことがあるんですよ。

『ふーん……まぁ、お前がそうしたいなら好きにしろ』

……うん？

いつもの態度とは違う剣の様子に、私は疑問を抱く。

てっきり、『いい子ぶりたかったんだな』とか、『信用してなかったたって正直に言えば？』とか、そんなことを言われるものだと思っていたから。

『俺のことをどんな極悪人だと思ってるんだ。お前の心の声は俺にも伝わってんだから、嘘ついてたらわかる』

ふんという鼻息が聞こえてきそうなセリフを言って、その日はもう、何か話しかけてくることはなかった。

◇◇◇

少女式から二週間が経過。

最近はあまりおちょくられることもなくなり、快適な生活を取り戻している。

そして、普段の体調を取り戻してきた結果、久しぶりにぶらぶらと散歩することに。

最近は、少女式のための詰め込み教育で、まともに外出もしてなかったからね。

いつもなら、ザーラやヒマリさんについてきてもらうんだけど、あいにく二人とも仕事が忙しかったので、フウレイとロジーについてきてもらっている。

フウレイは、私と案外気が合っているのを気づいたらしいザーラによって、いつの間にか私の専属に任命されていた。

だから、普段は仕事をしているんだけど、私の一存でいつでも連れ出せる。

ちなみに、他の専属はザーラとヒマリさん。今のところ三人だけだけど、増える可能性もなきにしもあらず。

ロジーを連れているのは、ザーラとヒマリさんを連れ出せなかったから、手が空いている人を連れてきただけ。本来なら清掃担当で私の部屋を掃除している。

離宮の外に出る時は、最低でも二人は使用人をつけるようにザーラに言われたからね。

ザーラとヒマリさんが忙しい理由はわからないけど、そういうこともあると考えている。

「アナスタシアさま。どこに行くんですか？」

フウレイの質問に、私は少し考えながら答える。

「う～ん……一度も行ったことがないところかなぁ？」

そうは言ったものの、一度も行ったことがないところなんて、どこにあるんだろうか。

この王宮には、地図がない――少なくとも、私は見たことがない――ので、どこに何があるかとかは、人に聞くか、自分で歩いて覚えるしかない。

お姉さまたちにプレゼントを渡した時は、使用人たちにお姉さまたちの宮の場所を聞いていたけど、それは使用人たちが場所を知っていたから。

私が今までどこに行ったことがあるのかも、完全に把握しているわけではないだろうに、私が行ったことがないところを聞くのは無理だ。

『お前、もうちょっと計画してから行動しろよ。考えなしにも程があるぞ』

『ごめん……』

剣も呆れたように言っている。

これは普通に私が悪いので、正直に謝っておく。

『まぁ、次は気をつけるんだな』

剣が励ますかのような言葉をかけたことに、私は驚愕する。

前なら『本当にバカだな』とか貶《けな》しまくってたはずなのに。

『だから、俺のことをどんな極悪人だと思ってるんだ。そんなにお望みならとことんやってやるよ、バカ主』

『ごめんなさい……』

剣は本当に口が悪い。さすがにリルディナーツさま相手にはあんな風にしたりはしないだろうけど、人間の私にはやっぱり容赦ないな。

二週間過ごしてきて、そうすんなりと判断できるくらいには、神器の性格がわかってきた。

剣は、悪ガキではあるけど、私に対する悪意のようなものはないと思う。からかう時も、バカにはしているかもしれないけど、見下してはいないように感じる。

「アナスタシアさまー!!」

「へあっ!? 何!? いきなり大声出さないでよ！」

「何度も呼んでいましたが、返事がなかったもので……」

「そ、そっか……」

神器とのやりとりに夢中になってたもんなぁ……ごめん。今日は謝ってばかりだ。

リカルド先生の時は、状況が状況だったからいいけど、侍女の一人にも不審に思われたし、人前では気をつけないと。

「一度も行ったことがないとなると、やっぱり森じゃないかと思うんですよ」

「あそこは危ないんじゃない？　やめたほうがいいわよ」

ロジーは森のことを知っているようで、フウレイの提案に反対している。

森……とな？　まさか、お城の外に出ろと？　いやいや、狩人じゃないんだから、家の敷地内に森なんて――

「大丈夫じゃない？　敷地内だし、陛下に報告して、護衛をつけてもらえば」

――ありましたね、はい。

『露骨すぎる前振りだったな』

うん、ちょっと黙ってようか？

こういうのは、こうやって前振りするのがお決まりというものなんだよ。

日本人のお笑い精神をまったくわかってないなぁ。

『…………』

言葉を発していないのに、剣が呆れているような気がする。

心なしか、じとっという視線のようなものも感じた。

「じゃあ、私が聞いてきてみるよ。お父さまたちのところ行こう。ほら、早く早く」

「は、はい」

「アナスタシアさま！　あまり慌てられますと、転びかねませんよ」

だって、思い立ったが吉日と言うじゃないか。急いでお父さまたちに報告しないとね。

『まったくごまかせてないからな』

剣のいつも以上に冷たい言葉が、私の脳内に響いた。

◇◇◇

森の探索許可のため、お父さまのいる本宮にやってきました。

本宮は、食事の時間にしか来たことがなくて、そういう時は大抵が夕食なので、こんな太陽が天高く上っている時間に来るのは初めてだった。

私がお父さまに許可をもらいたいことがあると入り口の兵士さんに説明すると、すんなりと通してくれた。

大して、時間を取るような用事ではないからかもしれない。

さくっと許可をもらって帰るとしようかな。

『うん……？』

『何？　どうかした？』

『後で話してやるよ。それよりも、許可をもらいに行くんだろ』

『うん……』

剣のおかしな反応は気になりつつも、お父さまの執務室に向かった。


お父さまの執務室に着いた私は、こんこんとドアをノックする。

「お父さま。アナスタシアです」

「入れ」

言葉はぶっきらぼうだけど、そこに迷惑や不快といった感情は混じっていない。

お父さまは、こういう性格なのだろう。

私は部屋の中に入り、書類の山とにらみ合いをしているお父さまに用件を話す。

「お父さま。お城には森が――」

「ダメだ」

あると聞いたのですがと続ける前に、却下されてしまった。

早い。早すぎるよ、お父さま。

「森に行きたいです！」

「ダメだと言っている」

私が強引に話を進めたけど、お父さまの返事は変わらない。

森が危ないというのは、私もわかってる。

前世でも、森には野生動物が多く住んでいたり、自然災害などがあったりして、決して安全といえる場所ではなかった。

でも、それでも。私は行きたい！　それこそ、護衛を五十人とかつけてもいいから、大自然を味わいたい！

とにかく、外に出たいんだ～！

「絶対に行きたいです！　離宮だけにいるのはつまんないもん」

私は、子どもらしく駄々をこねてみる。まだ私は五歳なんだもん。これくらいのわがままは許される――と思っていたけど、お父さまは頭を抱えてしまう。

「無理なものは無理だ。騎士たちは、魔物の討伐に向かわせているから、お前の護衛をする者がいない」

「とーばつ？」

「そうだ」

フウレイたちは知ってたのかな？

というか、魔物なんているの⁉　ウッヒョー！　これぞファンタジーの醍醐味《だいごみ》じゃないか！

『何が嬉しいのかまったくわからん』

剣が呆れたように言っているけど、特に反論はしない。

私のこの気持ちを理解できない人たちに何を話そうが、無駄でしかないのだから。

その時、剣がボソッと呟く。

『うわー……気持ち悪。自分に酔ってるナルシストじゃねぇか』

誰が気持ち悪いだって⁉　そして、誰がナルシストだこらぁ！

『ちゃんと反論してんじゃねぇか』

今度は冷静なツッコミを返されたけど、今のは誰だって反論したくなるでしょ！　ナルシストのレッテル貼られるところだったんだもん！

別に、ナルシストが悪だとか言うつもりはないけど、そういう扱いをされたくはない。

「……アナスタシア。聞いているのか？」

「はい、ちゃんと聞いてます！」

私だって成長する。神器とやり取りしながらも、周りの話にはきちんと耳を傾け聞いていますよ。

「わかった。騎士たちの手が空いたら、こちらから連絡するから、しばし待て」

うーむ……そういうことなら、待つことにしようか。数日くらいだったら、多分待てるし。

「はい。じゃあ、失礼します」

用件を終えた私は、了承の返事をして、早々に部屋から退出した。

◇◇◇

離宮へと戻ってきた私は、一人にしてもらい、神器と脳内会話をしていた。

キャッキャウフフしているわけではなく、今後の確認のような、事務的な会話だ。せっかく一人になれたのだから、話せるうちに話しておかなければならない。

『回収しないといけない神器って、どこにあるかとかはわかるの？』

『さぁな。最後の主がどこにいたのかは聞いてるけど、そこから移動してたらわからん』

神器関連になると、さすがに私をおちょくることはない。

リルディナーツさまからの命令ということもあるのか、こういう話題だと真面目になるんだよね、この神器。

『確か、全部で十……二十個はあったと思うが』

「にじゅっ……!?」

ちょっとちょっと！　数が多いよ！　せいぜい二〜三個かなぁと思ってたのに！

あまりに驚いたから、つい声に出してしまったではないか！

『数千年前に渡されたものとかもあるし……この国に下賜された神器で戻ってきてないものは、三つだったかな』

『神器って、反抗的なやつしかいないのぉ……？』

予想以上の数に、私のやる気は急降下する。

二十はないだろうがよぉ……なんでそんなになるまで放置したんだよぉ……！　なんとかなるやろって思ってたなら見通しが甘すぎるよ、神さま！

『ちゃちゃっとやればいいだろ。別に全部回収しろってわけじゃねぇんだし、できる範囲からやればいい』

そんな簡単な話なわけないでしょ！　反抗神器と戦うのは誰だと思ってるんだ！　私だぞ!?

『戦うのは俺だ。お前は俺を使うだけだろ』

それがどれほど危険だと思ってるんだ！　下手したら、私は死ぬんだよ!?

『いや、今までもわりと――』

そこまで話したところで、続きが聞こえなくなった。

『えっ？　何？』

『なんでもねぇよ』

私が聞き返しても、剣はそっけない返事をする。これ以上聞いても答えてくれない性格なのはわかってるから、この件についてはもう聞くことはしなかった。

でも、別に一つだけ聞いておきたい。

『お父さまのところに向かう時、何を気にしてたの？　後で話すって言ってたよね？』

『ああ、あれか。ほんの一瞬だったが、神器の気配を感じたから気になったんだ』

「えっ⁉」

想定外すぎる答えに、私は思わず声を出してしまう。ヤバイと口を塞ぐも、時すでに遅し。

「アナスタシアさま！　どうされましたか⁉」

私の大きな声を聞いて使用人たちが駆けつけ、その対処に追われてしまったため、詳細を聞くことはできなかった。

◇◇◇

アナスタシアが部屋を出ていった後、国王のいる執務室は、いつも以上に空気が重かった。

「陛下、アナスタシア王女殿下に真実をお話ししなくてもよろしかったのですか？」

国王の側近——ルーカスが尋ねる。国王は、表情をまったく変えずに答えた。

「下手に教えて、不安を煽る必要はないだろう。それに、魔物討伐というのも嘘ではない」

確かに、討伐はしている。だが、それはよくあることで、魔物もたいした強さではないため、そこまで重要視するような内容でもない。

それをあたかも近日中に行われる、とても重要な事柄のように話しただけだ。

騎士の手が空いていない本当の理由は別にある。

「嘘ではないかもしれませんが、真実ではないでしょう？　お話ししたほうがいいのでは？」

「知らぬほうがいいことというのは、いつの時も、いくつも存在するものだ。王宮に侵入する者が相次いでいるなど――あの子は、自衛の手段がないに等しいというのに、どこか無謀なところがある。話したら何をしようとするのか想像に難《かた》くない。その気質は、誰に似たのかわからんがな」

「少なくとも、王妃殿下ではないでしょうね」

真面目な顔でそう言うルーカスを、国王は軽く睨む。だが、その言葉を否定することはなかった。

自分にそういう気質があるのは、国王も自覚していた。

「無謀なわけではない。私が行ったほうが確実だっただけだ」

国王の子どものような言い訳を聞き、ルーカスの理性は、ついに粉々に砕けてしまった。

「だからって、国境の小競り合いに直接出向いたり、不正を行っていた貴族の屋敷に単身で乗り込んだりすることはないだろうがよ！」

「実際に早く終わっただろうが」

「自分の身を大切にしろと言っているんだ！　結果はなんともなかったかもしれないが、何かあったらどうするんだ⁉　当時のお前は王太子だっただろうが！」

ルーカスは、国王の学友であり、国王がまだ王子であった頃から付き合いがあった。だからこそ、互いに気心が知れており、感情的になると、このように口調が荒くなってしまう。

それは、王太子の時期を経て、国王となった今でも変わらない。

そして、そんな国王に振り回されることも、王子であった昔から何も変わっていない。

言いたかったことを一気に大声で吐き出したルーカスは、呼吸がうまくできておらず、言い終わると息切れして肩を弾《はず》ませた。

「声が大きい。誰かに聞こえたらどうするつもりだ」

「どうもしませんよ。私の性格など、王宮に勤めている者たちは全員が知っているでしょう」

「知っているからと言って、隠さなくていいわけではないだろう。それに、アナスタシアは知らん」

「そりゃあ、あなたたちが自分たちのことを徹底的に隠していれば、私のことも知らないでしょうね……」

国王たちは、アナスタシア王女に詳細を語りたがらない。

なぜ自分に会わないのか。問題の対処を任せるのか。

たとえ魔力がないとしても、血筋はアルウェルト王家。それくらいの疑問は浮かぶだろう。

だが、わかっているのか踏み込みたくないのか、アナスタシア王女がそれを国王たちに聞くことはなかった。

もしかしたら、自分の知らないところで聞いていたのかもしれないが。

国王も、妃たちも、他の王子や王女も、いろいろと建前の理由を用意していた。

ルーメン派閥の貴族たちの目をアナスタシア王女からそらすため、王女としての基盤を固めるためというのも、ちゃんとした理由だが、それが一番ではない。

アナスタシア王女を遠ざける一番の理由は、自分たちの本性を知られたくないからである。

アナスタシア王女以外の王族は、ある意味で、いい性格をしている。

アルウェルト王家は、普段は他国の王家と比べ温厚な性格をしている。

だが、自分たちの領域を踏み荒らされると、とたんに牙を剥く。

そして、多くの王族の逆鱗《げきりん》がアナスタシア王女だ。

アルウェルト王家に、ほとんど力を持たない子どもが生まれるのは珍しいこともあり、国王や妃たちはもちろんのこと、普段はまったく人間に興味を示さない王子や王女も、アナスタシア王女のことを気にかけている。

自分たちよりも年下であり、か弱き存在であるから、庇護欲がそそられるのだろう。

国王や妃たちは、恋愛感情と呼べるような強い思いはないかもしれないが、それなりに仲がいい。よりよい国を作るため、夫婦というよりかは、仕事仲間というような意味合いで絆を深めている。

少なくとも、人前で険悪なところは見せたことがないし、定期的にお茶会や庭の散歩などをしていて、仲睦まじい様子を周りに見せている。

だが、王子や王女はまるで違うのだ。

アナスタシア王女を除いたあの六人の王子や王女は、互いに同じ敷地にいて血が繋がっているだけの他人のような認識でいる。

互いに、許可なく自分たちの生活圏に入ってくるのは許さず、少しでも意見が食い違うと、吹雪が吹き荒れるほどの事態にまで発展することもしばしば。

まだ罵り合いだけで済んでいればいいが、場合によっては、物理的な手段に出ることも多々ある。

この国最強の一家を止めることができる者など城にはいない上に、自分たちが巻き込まれたくはないので、城に勤めている者たちは、それを目撃しても見て見ぬふりだ。

その光景を見るたびに、本当に血が繋がった兄弟なのかと、ルーカスは何度も自分の記憶や知識と現実を擦り合わせるくらいだ。

そんな王家の人たちが、アナスタシア王女と接する時は別人のようになる。

冷酷さなんて欠片も見せずに、アナスタシア王女の家族として振る舞っているように見えた。

態度が変わらないのはエルクト王子やヴィオレーヌ王女くらいだ。

普段の王子や王女の様子を知っている使用人たちは、自分の目や頭を疑っただろう。そう思ってしまうくらいには、彼らが仲睦まじい兄弟の姿を演じるというのは、おかしな光景なのだ。

そして、自分たちが唯一、妹として可愛がっているアナスタシア王女に、自分たちの本性を知られたくないのだろう。アナスタシア王女に接する時は、言葉少なに、笑みしか向けていない。

アナスタシア王女は彼らがそういう不器用な性格だと思っているところがありそうだが、断じてないと言える。

「話を戻すが、真実を話さない理由は、もう一つある」

「もう一つ……ですか」

「ルーカスも知っているだろう。侵入者がなぜか、ボロボロの状態で見つかっている」

「それは疑問に思っていました。巡回していた兵士や騎士が傷つけたのかと思いましたが、やはり違うのですか？」

「ないとは言えない。侵入者たちの受けた傷や、魔力の痕跡を見たところ、戦い方が一致する者が何人かいるからな。だが、誰も心当たりはないそうだ」

「詳細もわからぬまま、アナスタシア王女殿下に話すわけにはいかないということですか」

ルーカスの言葉に、国王は特に反応を示すこともなく、書類に向き直る。

国王と幼い頃から付き合いがあったルーカスは、それが肯定を意味していることに気づいていた。

「では、私も調べておきましょうか」

「本来の仕事を疎《おろそ》かにしないならな」

素直に頼むと言えばいいのにと思いながらも、ルーカスは「かしこまりました」と返した。

第五章　幽霊騒動

私――アナスタシアの離宮。

他の王子や王女の宮とは違い、本宮からそれなりに離れており、決して王女らしい煌びやかな宮とは言い難い場所。

この離宮はかつて、病弱であることなどを理由に、王位を継ぐのが難しいとされていた王子や王女を隔離していた場所でもあった。迫害の歴史もあり、離宮で亡くなる者も多かった。

そんな場所だからか、いつからかある噂が囁《ささや》かれ始めたらしい。

それは……

「離宮に現れる子どもの幽霊――」

「な、何を言ってるの？　幽霊なんかいるわけないじゃん」

怪談話をフウレイから聞いた私は、強気にそう言う。

でも、布団にくるまりながら言ったところで、説得力というのはまったくないだろう。

だって、怖いんだもん。ガクブル。

「本当ですよ！　ここの宮の使用人は何人も見たって言ってるんですから！　嘘だと思うなら、ヒマリさんやザーラさんにも聞いてみたらどうですか？　二人とも見ていますから」

「う、う～ん……わかった」

悩んだけど、怖いもの見たさならぬ、怖いもの聞きたさで、聞いてみることにした。

私は、他の使用人たちと洗濯をしていたザーラのもとを訪れて、フウレイの話をしてみる。

「確かに、おかしなものは見ていますが、幽霊かどうかまでは……」

フウレイが言っていた通り、そのようなものを見たという答えが返ってきたけど、その内容は私の予想とは違うものだった。

どこか、煮え切らない。

「幽霊じゃないの？」

幽霊かどうかわからないということは、消えるところを見たとか、ぼやっとした光を見たとか、そういうわけではなく、人影を見かけた程度なんだろう。

その私の予想は、ズバリ的中していたけど――

「それがわからないんです。夜中に、遠目ではありますが、私と同じくらいの背丈をした人影を見かけまして。侵入者かもしれませんので、急いでその場に向かったのですが、もうどこかに行ってしまったようでして……それが生きた人間なのか、幽霊なのか、私の見間違いなのか、今ではわかりません」

大人？　大人ですか？

私は、意外な答えにぽかんとする。フウレイから聞いた話では、子どもの幽霊だと言っていた。それなのに、ザーラが見たのはザーラと同じくらいの背丈。

この国には、身長計や体重計なんてものはないので、目測で判断するしかないんだけど、私が見たところ、ザーラの身長は、百六十センチメートルほどと、平均的な大人の女性の身長といった感じ。

もちろん、子どもと言われるような年齢で、そのくらいの背丈の人はいるだろうけど、それじゃあ、子どもか大人かの判別なんてつかないと思う。

フウレイが子どもの幽霊と言っていたなら、使用人たちが見ているのは子どもなんだろう。

それなら、ザーラが見たという、大人はなんなんだろう？

また別の幽霊みたいな感じだったらいいけど……いや、よくはないか。私の恐怖度が跳ね上がる。

でも、ザーラの言うように侵入者だったら——もっと上昇する。現実の人間のほうが怖い。

私は、ぶるりと体を震わせる。スパイとか、そんなのだったらまだいいのにな、なんて切望してしまうけど……

「ま、まだわかりませんから！　夜中で少し寝ぼけていましたから、見間違いかもしれません。それに、このことはすでに陛下にもご報告しておりますから、警備は強化されていると思いますし……」

私がびくびくしていたからか、ザーラは慌ててフォローするように言う。

でも、それはなんのフォローにもなってないよ？　警備が強化されるってことは、本当に危険があるってことだもんね。バカな私でもわかります。

「あはは……」

私は、そうやって適当に笑い返すことしかできなかった。

◇◇◇

部屋に戻った私は、神器に相談してみることに。

あの後、ヒマリさんにも聞きに行ってみたけど、フウレイから聞いたのとほとんど同じ内容だった。

相談してみようかなと思ったのは、以前に知り合いの神器の主が、この国の王族と関わりがあったというのを、ちらりと聞いた覚えがあったから。

『俺は知らねぇよ。あいつらとはそんなに仲よくなかったし、自慢話と愚痴を聞かされただけだからな。この城の情報もお前の記憶を読み取っているだけだ』

つまり、私が知らないんなら知ってるわけないでしょって意味ね。

私が幽霊を見たら、何かわかるかもしれないけど……ホラー全般がダメな私は、そもそも会いたくない。

ホラー映画みたいに、血だらけとかじゃなくて、見た目が普通の人間のように見えても、幽霊と思った瞬間にアウトだ。

ぼやっとした光を見たら、人目を気にせずに大声で叫び、ふっと消えるようなところを見たら、その場で気絶する自信がある。

『メンタルがガラス以下だな』

剣がバカにするように言う。

否定はしないけど、なんか悔しい。

『まぁ、侵入者でも幽霊でも大丈夫だ。いざとなりゃ守ってやるから』

『ありがとう』

腹黒いところはあるけど、真面目なところもあるんだよね、この剣。

『褒めてんのか？　貶してんのか？』

とんでもないくらいに褒めてますとも。

私が偉大な神器さまを貶すことなどあるはずがないではありませんか。

『うわぁ……すっげぇムカつく。俺のこと散々に言っておきながら、お前も大して変わらねぇじゃねぇか』

あなたには言われたくないんだけど。私にいつもやってることじゃん。

『あーはいはい。悪かった悪かった』

誠意がまったくありませんけど！

まぁでも、このやりとりは嫌いじゃないんだけどね。

◇◇◇

皆が寝静まった夜。

私は不意に目が覚めてしまった。いや、そもそも寝つけていたのかも怪しいくらいの、浅い眠りだったような気がする。

「お水でも飲もうかな……」

喉が乾いているのを感じたので、ベッドの側にあるテーブルに手を伸ばしたけど、そこにあった水差しは空だった。

水を飲みたければ、人を呼ぶか、自分で歩いて取りに行くしかないけど……

私は、ドアの先にあるであろう暗闇を思い浮かべる。

「い、行きたくな～い……！」

最近の幽霊騒動や、ザーラの侵入者をほのめかすような話を聞いた後では、部屋の外に出るだけでも勇気のいる行動になっていた。

そもそも、お布団の外に出るのも難易度が高い。

ビビりな私にとっては、お布団の中というのは、快適を超えた、心の平穏を得られる場所なのだ。

でも、そうやって怯えていても、喉が潤うわけでもないし、眠気が襲ってくるわけでもない。人を呼ぼうにも、なぜかベルが見当たらない。

大声を出しても、聞こえるとは思えなかった。

今の私にできることは、勇気を振り絞って部屋の外に出ることだけだった。

人に迷惑をかけるよりも、そのほうがいくぶんかましに感じられたからだ。

私は王女。気高く麗しい王女さまなのだ！

自分をそう鼓舞しながら、一歩、また一歩と廊下のほうに足を突き出していく。

侵入者が忍び込むかのようなその足取りは、どこにも気高さや麗しさは感じられなかった。

ベッドからドアまでの距離は三メートルほどしかないのにもかかわらず、五分ほどかけて、ようやくドアを開け、廊下に足を踏み出す。

そっとドアから顔を覗かせる。今は主である私が眠っている時間なので当然のことだが、明かりは、ほとんど天井と言っていいような、左右の壁の上のほうに最小限しかついておらず、まるでトンネルのようだった。

離宮とはいえ王族が住まうこともある宮なので、明かりには魔法具という、高価なものが使われており、オンオフの切り替えや、このように明かりの強さを変えられるようになっている。

部屋についているものも、同じことができるようになっていた。

その魔法具の明かりは、今は最小限。範囲が狭いのと、上のほうについているので、魔法具がついている真下の地面にすら、ほとんど光が届いていないほどだった。

確かに、これなら幽霊騒動の一つや二つ起こりそうだなぁ……なんて、一瞬でもそう思ってしまったのがいけなかった。水を取りに行くのなら、そんな怖いことなど忘れてしまったほうがよかったというのに。

せっかく外に出ていた足を、無意識のうちに再び部屋の中に引っ込めてしまう。

一度思い浮かべてしまったことは、なかなか消えない。

振り絞った勇気は、すでに枯渇寸前になっていた。

だが、そんな残りカスのようになっている勇気を絞るだけ絞り、再び部屋の外に出る。

「う～ん……なんか寒い」

寒さからか怖さからか、自分でもわからなかったが、ぷるぷると震えながら、キッチンのほうを目指す。

明かりもほとんどないので、壁づたいに歩くしかない。五年間も過ごしてきたこの離宮の構造は、すっと頭に浮かぶくらいには把握していたため、なんとかキッチンに着くことはできるだろう。

――コツ、コツ、コツ。

自分の足音が、廊下に響く。そのたびに、孤独感に襲われる。

それでも、私は歩みを止めなかった。一度歩みを止めてしまえば、二度と動けないような気がしたからだ。

キッチンまでもう少し――と思ったところで、遠くのほうで、何やら黒いものがゆらりと揺れる。

脳裏に幽霊の姿がよぎる。

『だ、誰だ！　私はあのアナスタシアだぞ！』

どのアナスタシアなのかというツッコミが飛んできそうなことを心で呟きながら、私は影が揺れたほうに近づいていく。

いっそのこと、幽霊の正体を暴いてやろうという無謀ともいえるような謎の勇気が、足取りを軽くした。

ゆっくりと足音をたてずに近づいたつもりだったが、向こうに気づかれたようで、タッタッタと足音を鳴らして去っていく。

かろうじて、廊下のわずかな光に煌めき、金色の毛のようなものが見えた。

それが見えた位置から見て、背は決して高くない。いや、それどころか……一瞬見えたシルエットは、四足歩行のように見えた。

「動物……？　迷い込んだのかな？」

好奇心に駆られ、逃げた動物らしき影を追いかける。

普段の私なら、こんな真似はしない。

人に馴らされていない動物が危険という認識はあったので、動物がいたことを伝えて部屋に戻っていただろう。

でも、今回はそんな考えには至らなかった。追わなければいけないような、謎の使命感のようなものに駆られたのだ。

後を追うと、建物の外に出る。夜中である今は、昼間の騒がしさが嘘のように静まり返っている。

「どこに行ったのかな……？」

しばらく周囲を走り回ってみるが、動物らしき影は見当たらず、完全に見失ってしまったと悟った。仕方なく戻ろうとすると、進行方向からザッザッと草を踏みしめる音が聞こえる。これは、明らかに自分のものではなかった。音の大きさからして、どう考えても大人のものだ。

逃げなきゃ！

すぐさま方向転換をし、その場から離れる。城の兵士や騎士の巡回なら、私が見つかったところでザーラに説教されるくらいで済むだろうが、侵入者だった場合はまずい。最悪の場合、口封じされてしまう。

『そこのバカ！　こっち来い！』

近くの草むらからガルルと獣の声がする。聞き覚えのある声も脳内に響いた。

私は反射的に声のしたほうに向かう。草むらに飛び込むと、そこにはトラみたいな動物がいた。ただ、毛並みが黄金に光り輝いている。この世のものとは思えないそのきれいな容姿に見惚れていると、前足で頭を押さえつけられた。声をあげる暇もなく地面と顔がぶつかるが、圧迫はされておらず息苦しさはなかった。

――ザッザッザッ。

足音がだんだんと近づいてきて、思わず私は息を止める。だが、トラはあまり焦っているようには見えなかった。

――ザッ……ザッ……

足音が遠ざかって、大きく息を吐き出す。それと同時に、私の頭を押さえつけていた足もどけられた。

『それで、なんでここに来た？』

「えっと……剣、なんだよね？」

逆に聞き返すと、剣と呼ばれたトラは呆れたように言う。

『言わないとわからないか？　獣の姿になって実体化しただけだ』

「しただけって……なんでそんなことを？」

『前に神器の気配がしたことは話しただろう？　そいつの居所を探っていた』

「それなら、何もそんな姿じゃなくても……」

神器のことは詳しくないが、トラのような姿になることができるのなら、人型になることもできそうだ。そのほうが見つかった場合のリスクを軽減できる。獣なら即討伐される恐れがあるが、人間の子どもにでもなれば、今の幽霊騒動に紛れ込むこともできそうだ。

『前までは人間状態で探していたんだがな。敷地内にいた怪しい奴をやっつけて帰るところを使用人に見つかって騒がれたから、魔法を使いやすいこの姿になっただけだ。これなら不可視魔法を使って身を隠せるからな』

そうなのかと納得しかけた私の脳内に、ある考えがよぎる。

（まさか、幽霊騒ぎの正体って……）

トラに疑いの眼差しを向けると、ふいっと視線をそらされてしまった。

私は小さくため息をついたが、ある妙案を思いつく。

「ねぇ、もう少し大きさを小さくすることってできる？　子猫くらいに」

『お前……何を企んでるんだ？』

私のニヤついた顔に悪い予感を悟ったのか、今度は神器のほうが疑いの眼差しを向けている。

「私のペットにしようかなって！」

私は剣に屈託《くったく》のない笑みを向けた。

第六章　神器の力

平和な日々は、唐突に終わりを告げる。ドラマにあるようなその文言が、現実になると誰が想像しただろうか。

私は、目の前で寝ている人物に話しかける。

「ザーラ。体は大丈夫？」

「はい。もう起き上がっても問題ありませんよ。アナスタシアさまが見舞いに来てくれたお陰かもしれませんね」

ザーラは、ベッドから上半身を起こして、私に笑みを向ける。

それに少しだけほっとするけど、まだ心配のほうが勝ってしまっていて、私はザーラのほうに駆け寄る。

ザーラがこうやって休んでいる理由は、病気などではない。怪我を負ってしまったからだ。

それも――刺し傷。

ザーラは刺されてしまった。私の宮に侵入してきた存在に。

出来事……というほどのことでもないけど、事の発端は、三日前――私が出歩いた夜の翌日のことだった。

◇◇◇

その日、着替えを手伝いに来ていたヒマリさんに、夜に出歩いたことと、トラの姿となっている剣をペットとして飼いたいと訴えた。もちろん神器なんて話さずに、迷い込んだみたいだと言って。

ヒマリさんは勝手に出歩いたことを、私の着替えを手伝いながらくどくどと説教していたけど、トラに関しては、勝手に連れてきてはダメだと言われたくらいで、お父さまに許可をもらってきてくれた。

お父さまも一度様子を見に来たけど、危険はなさそうだということで、ちゃんと責任を持つならと許可をしてくれた。これでこのトラは公認となったので、お城を歩き回っても不信感を持たれることはない。

『これで自由に歩き回れるでしょ？』

『それはまあ……そうだが』

剣はどこか納得していないような雰囲気だ。これでこそこそする必要がなくなったんだから、もっと嬉しそうにしてもいいのに。

『ライは素直じゃないなぁ……』

『その呼び方はやめろって言ってんだろ！』

ペットとして飼うなら、名前があったほうがいいかと思って、私はトラ状態の剣にライという名前をつけた。

名前の由来は、神雷の金剣という名前にある雷を音読みしてライである。雷の力を持つからピッタリだと思うんだよね。

ライは嫌がるけど、名前に関しては仕方ないし、それにライも満更ではないように思えるのだ。

「素直じゃない子はこうだ！」

私はライの体を思う存分に撫で回す。

『何すんだ！　やめろ！』

剣は必死に抵抗するけど、私に怪我はさせられないのか、あまり力が感じられない。

こうなったらもっとまさぐろう――と思ったところで、ドンドンドンと大きなノックの音が響いた。

それに驚いた私は、「ひゃあっ！」と悲鳴を上げる。

私が入室の許可を出すのも待たずに、バンと大きな音を立てて入ってきたのは、ヒマリさんだった。

「無許可の入室、失礼いたします。アナスタシアさま、緊急の用件があって参りました」

「な、何？」

「前日、この宮に侵入者が忍び込みまして――ザーラさんが刺されたそうです」

私は、ライを撫でていた手が止まる。おそらく、目を見開いていただろう。私の脳裏には、よるの出来事が鮮明に思い浮かんだ。

なんでザーラがとか、あの時なんとかしていればとかいろいろと浮かぶのに、それを言葉に結びつけることができない。

「ヒ、ヒマリ……」

なんとか絞り出して出た言葉は、それだけだった。

ヒマリさんは、そんな私を落ち着かせるように言う。

「先に言っておきますが、命に別状はありません。発見が早かったので、ルルエンウィーラ妃殿下が治療してくださいました。ただ、体の調子が戻るまで、仕事ができませんので、ザーラさんはお休みすることになります……」

「う、うん。それはもちろんだよ。だけど、ザーラには……会ったらダメなの？」

なんでこんなことになったのか、何があったのかいろいろと聞きたいし、それ以前に本当に大丈夫なのか、自分の目で確かめたかった。

でも、ヒマリさんはふるふると首を横に振る。

「アナスタシアさまの今のお立場は危険ですので、アナスタシアさまを決して部屋から出すなと、使用人の全員に陛下から指示がありました。どうしても会いたいとおっしゃるのであれば、一応は訴えてみますが……」

「……会いたいよ。心配だもん。でも、侵入者っていうのが私を狙ってたなら、下手に歩き回ったら危険だよね」

私がそう言うと、ヒマリさんは少し考えるような動作をして、顔を青くしながら頷く。

「……そう、ですね」

きっとヒマリさんは、私が危険な目に遭うのを想像したに違いない。でも、私ならライがいるから、多分大丈夫だと思う。

いくら私を馬鹿にしているからと言って、私を死なせたりしたらリルディナーツさまの指令をこなせないから、命を守ることはしてくれるはず。

でも、私が大丈夫だとしても、周りは？

きっと、ライは周りまでは守ってくれない。神器が許可を出さなければ、私は力を使えない。

ライが特に否定してこない時点で、ここまでの考えは正しいのだろう。

侵入者が、私以外を傷つけない道理はない。実際に、ザーラが被害に遭っている。私が下手に出歩けば、一番危険なのは、私の周りにいる人間。

王女という立場は、言葉一つで人の人生を左右しかねない立場。

だから、ヒマリさんやフウレイたちを守るためにも、私は身勝手に行動しちゃいけない。動くなら、お父さまの許可が降りるまで待たなくてはならなかった。

◇◇◇

そんな経緯があり、三日後の今日、ようやくザーラとの面会が許され、いつもよりも護衛を多めにつけた上で、外出したというわけだ。

ヒマリさんいわく、これは早いほうらしい。

侵入者がもう捕まっていたこと、首謀者の目処が立っていることが、早めに許可が降りた要因として挙げられるらしい。

お父さまは、その首謀者は教えてくれなかった。お母さまを含むお妃さま、ヴィオレーヌお姉さまとエルクトお兄さまは知っているみたいだけど、私相手には口止めされているみたい。

でも、それでいいと思っている。

神器の力が使えない以上、私の戦闘能力は皆無だし、下手に首を突っ込んで巻き込まれたら、せっかく私の安全を確保してくれた皆の努力が無駄になってしまう。

私は、ザーラとお話さえできれば、それでいいのだから。お父さまたちが話すと決めてくれたら、私も覚悟を決めるけど。

「ザーラ。この花の刺繍ってどうすればいいの？　何度もやっているのだけど、うまくできないの」

私は、その花が描かれている本を見せる。それは、真っ赤な色をしていて、まるで炎がメラメラと燃えているかのような花。

地球の花でいうと、スイートピーが一番近い見た目だ。名前は、フレイアという。

私の左腕の籠には、布切れと糸、針も準備済み。まぁ、ここまで持ってきたのはヒマリさんなんだけど。

「そうですね。まずは赤い糸をこの位置から――」

ザーラのことだから、下手に心配ばかりされるのは望んでいないだろうと、私は極めて平凡な会話になるように心がけた。

侵入者に刺されるなんてことが起きて、不安なのは私だけじゃない。きっとザーラもだ。

ザーラは、以前に侵入者らしき存在を見かけたと言っていた。それを証明してしまうかのように、刺されてしまったのだから、不安に感じないわけはない。

だから、私が不安を表に出さないことで、ザーラの心を少しでも軽くしようとしているのだ。空元気のように見えているかもしれないけど、それでも演じきらなければ。

「うむ……難しい」

「そりゃあ、これは上級者向けですからね……アナスタシアさまは、まずはこのような花から始めてみては……？」

ザーラさんが見せてきたのは、ヒッツェのページである。

それは、白いアサガオに似た花で、きれいな円形が特徴。

ちなみに、今の私が持っている布は白である。

「ほとんど白じゃ……ない！　縫うところがないわ！」

「そうですね」

思わず素の喋り方になりそうだったのを、軌道修正する。

ザーラは微笑んでいる。その笑みが私を馬鹿にしているわけではないのが、突っ込みづらいところだ。

でも、思わず素が出てしまうのは仕方なくない⁉　だって、ヒッツェなんて、茎と葉っぱ以外は縫うところがないよ？　花の輪郭くらいじゃん！

『お前にはそれくらいがちょうどいいだろ』

ザーラに見せようと思って連れてきたライまでそんなことを言う。

『ライ、部屋に戻ったらモフモフの刑ね』

『モフモフの刑ってなんだよ』

『私が満足するまでそのサラツヤな毛並みを撫で回して堪能するの』

『あれのことかよ！　くすぐったいからやめろ！』

ライの訴えは無視して、私はにこりとザーラに笑いかける。

「ザーラが言うなら、一度やってみるね。完成したら持ってくるから」

「ええ、お待ちしております」

どことなく、困ったような笑みを向けられたのは、私の怒りが滲み出ていたからかもしれない。

でも、そんなことを気にする余裕は今の私にはなかった。

さーて、覚悟しなよライ……？


部屋に戻った私は、ライの毛並みを思う存分に堪能していた。

『はーなーせー！』

ライが必死の抵抗を見せるけど、子猫サイズで抵抗されたところで大したことはないので、モフモフを続行する。

建前は私を貶した罰ってことにしてるけど、こうでもしないと気持ちが落ち着かない。元々じっとしてるのは苦手なのに、こんな騒動が起きてしまったのだから。

早く、解決すればいいいなぁ……

◇◇◇

ザーラが刺されてから一週間。お城は、不気味なほどに平和だった。

嵐が過ぎ去ったのか、嵐の前の静けさというものなのかはわからない。

ザーラは、体の調子が戻ってきたので、今日まで体を休めて、明日から復帰するらしい。

もう少し休んでてもいいとヒマリさんを通じて伝えたけど、『怪我が治ったのに、アナスタシアさまの世話をしないわけにはいきません』と力強く返されてしまったそうだ。

そう言われてしまっては、無理に止めるのもと思い、私も了承した。

今日は、エルクトお兄さまとヴィオレーヌお姉さまが会いに来ている。表向きはお茶会だけど、多分、侵入者の件だろうなと思っている。

二人はこの国の第一王女と第一王子であり、それぞれ十九歳と十五歳。

他の兄弟に比べて、能力も突出して高く、お父さまからも信頼されており、他の王子や王女よりも、多くの権限を持っているらしい。

二人だけが侵入者のことを知っているのも、そのちょっとした権限の一つ。

国家機密とまではいかないけど、公にするのはあまりよろしくないという程度の情報を知る権利があるそうだ。

二人は口が本当に堅いので、たとえ自分たちしかいなかったとしても、こそこそと話したりはしない。

相手から話題を振られないと、知ってる相手にも話さないんだってさ。すごいよね、その徹底ぶり。

だからこそお父さまも信頼してるんだろうけど。

「アナスタシア。あなたの宮では幽霊騒ぎがあるそうですわね」

「えっ……あっ、はい。そうですけど……」

私は、しどろもどろになりながら答える。ヴィオレーヌお姉さまがこんなことを言うとは思わなかったから。

ファンタジーな異世界という点を考慮したとしても、お姉さまの性格上、信憑性の低いものや、不明瞭なものは、あまり信じない傾向にある。

まったくの嘘と決めつけるわけではないけど、根拠のないことは常に疑ってかかる人なのだ。

正妃の娘の第一王女という立場は、それくらいでないと生きていけないのかもね。そう考えると、同じ正妃の娘でも、私の立場は気楽なほうなのかもしれない。

「根拠のない噂話でしょうが、一応、わたくしたちはそれを調べておきましたわ」

それを聞いた私は、特に驚いたりもせずに、やっぱりと思う。

多分、侵入者の件からその話を知ったんだろうけど、噂になっている幽霊騒動が、その侵入者の可能性も、なきにしもあらずだ。

もしかしたら、捕まった侵入者とは別の侵入者の可能性も捨てきれない。

何も侵入者というのは、暗殺のためだけに王子や王女の宮に侵入してくるわけじゃない。

過去には、国宝級のお宝目当てに泥棒が入ってこようとした事例もあるし、情報を探るためのスパイも侵入者と言える。

それに加えて、ここは魔法が当たり前に使われている世界。たとえ目撃されているのが子どもだとしても、魔法による細工の可能性もあるので、元の世界と比べたら警戒対象になる。

まぁ、私は心当たりあるんだけど。

「結論から言うと、それが侵入者の可能性は限りなく低いそうだ。今までの奴らと行動がまったく一致しないからな」

「そうですか……」

でしょうね。だって、その幽霊はドジって姿を見られただけだろうからね。

『お前にだけはドジなんて言われたくねぇよ』

なんだとこの野郎！　私がドジなんじゃなくて、周りのスペックが高いだけだっつーの！

「どうした？」

「い、いえ……なんでもありません」

神器の声を聞いた時に私の表情が変わったので、怪しまれたのだろう。

すぐに取り繕ったはずなのに気づくとは……やっぱり、この二人は油断ならない。

ルナティーラお姉さまあたりなら気づかないか、気づいたとしてもスルーしてくれるんだけどね。

「気を引き締めなさい。いつまでもわたくしたちが守ってあげられるわけではありませんもの」

「ああ。お前も王女として政略結婚くらいはすることになるだろうからな。……まぁ、奴らは納得しないだろうが」

「は、はぁ」

遠い目をしているお兄さまに、私はなんと言っていいかわからず、曖昧に返してしまう。

確かに、私が嫁ぐ時は、うるさくなりそうだなぁ。

ルナティーラお姉さまと、シルヴェルスお兄さまと、ハーステッドお兄さまが特に。

私も王女だし、政略結婚の重要性はわかってるから、親の命令で結婚することに違和感は感じても、不思議と抵抗感のようなものはない。旦那さんに大事にされたいなぁと思うくらいで。

前世でも恋人はいなかったから、実感が湧かないだけかもしれないけど。

「話を戻すが、あくまでも侵入者の可能性がないのは、子どもの話だ。ザーラから聞いたが、大人が目撃されたこともあるんだろう？」

「私も、大人を見たというのは、ザーラからしか聞いていませんので、他にいるのかどうかは……でも、ヒマリさ……ヒマリは見たって言ってましたよ？　子どもだそうですけど……」

私がヒマリさんと呼ぼうとすると、ヴィオレーヌお姉さまの視線が冷たくなった気がしたので、私は訂正しながら説明した。

「他にはいないか？」

「うーんと……」

フウレイは、いかにも又聞きしたって感じだったから見てないだろうし、ロジーからもそんな話は聞かないし、他の使用人とは、会ったら挨拶とかはするけど、世間話するほどの仲ではないしなぁ。

そこまで考えたところで、私はあることを伝え忘れていたのを思い出す。

「この子を見つけた時に、足音っぽいのは聞きました」

私は席を立ち上がり、近くにいたライを抱える。

「お前が夜遊びしていた時のことか？」

ライのことは聞いていたのか、エルクトお兄さまが尋ねてくる。

私がこくりと頷くと、エルクトお兄さまはボソッと呟く。

「確か、その日はザーラが刺された日と一致するな」

「では、ザーラを刺した者とアナスタシアが聞いた足音の主は同一人物と見ていいでしょうね。アナスタシア、姿は見ていないのですか？」

「いえ……足音が聞こえてからはすぐに逃げて、気配がなくなるまでこの子と一緒に草むらに隠れていましたから」

「そう」

ヴィオレーヌお姉さまはふぅと小さく息を吐く。それはため息というよりは、安堵から出たものに感じた。

表情に出ていないだけで、心配してくれてるんだろうな。

「では、他の者たちにも話を聞きましょうか」

「ええ。彼女も含めると、残りは十人ほどですし、手分けして陛下に報告しましょうか」

エルクトお兄さまが、珍しく敬語を使っている。

ヴィオレーヌお姉さまが年上であり、なおかつ正妃であるシュリルカお母さまの娘だからなんだろう。

理由はわかるし、私だってヴィオレーヌお姉さまにため口なんて無理。

でも――

お兄さまが敬語を使っているのを見ると、笑いが込み上げてくる。

あの、私を含めて、他の兄弟には荒っぽいお兄さまが、お姉さまには敬語……ぷぷ。

「俺が敬語を使うのがそんなにおかしいか！」

「あいたっ！」

いつも以上に力強い言葉とともに、お兄さまのチョップが私のかわいい頭に炸裂する。

私は、反射的に頭を抑えた。

い、痛いよ～！

十五歳のチョップは、五歳の私には充分すぎる痛みを与えた。

と、というか、言葉に出してなかったはずなのに、なんで笑った理由がわかったの⁉

「な、なんでわかったんですか～」

痛みに堪えながらも尋ねると、お兄さまはふんと鼻息を荒くして、ふんぞり返りながら言う。

「顔に出てるからだ。俺が話した後だったし、明らかに俺を見ていたからな。それを含めてお前が笑う理由はそこしかないだろ」

お兄さま、賢いし鋭い。あの一瞬でそこまで推測していたとは。

でも、それってさ、自分でも敬語は違和感があると思ってるからだよね。私は間違ってない。

……笑ったのは悪かったけど。

「今のはアナスタシアが悪いですわよ。目上の者に敬意を示すのは当たり前のことでしょう。わたくしも、陛下や妃殿下に接する時は、丁寧に接しますし」

えっ⁉　これで丁寧じゃないの⁉　お姉さまの丁寧の基準はどれだけ高いんだ！

私が唖然《あぜん》としていたからか、お姉さまは何やらお兄さまにこそこそと話す。

でも距離が近いので、私にも聞こえていた。

「……わたくし、そんなに堅いかしら？」

「普段から、私たちにも敬語ばかり使っているからではないですか？」

お兄さまが呆れたようにお姉さまに言う。

そうなんだよね。お姉さまって高貴な雰囲気にぴったりの話し方をするから、荒っぽさなんて欠片も感じさせない。

これで丁寧じゃないと言われても信じられないというもの。

「と、とにかく、他の使用人たちにも話を聞いて、それを元に警備の強化や使用人の配置についての話を、陛下と妃殿下と共に進めましょうか。行きましょう、エルクト」

「はい、わかりました」

珍しくヴィオレーヌお姉さまが焦った様子で話をそらした。お兄さまは何事もなかったかのように冷静だったけど。

いつも冷静なのになぁ。というか、お姉さまもお父さまとは呼んであげないんだね。

「アナスタシア。俺たちはしばらくここにいるから、何か気にかかることがあれば使用人を通して伝えてくれ。しばらく忙しくなるから、急用以外では部屋から出るのは控えておけ」

「は、はい」

お兄さまの有無を言わさぬ言い方に咄嗟に頷いてしまったけど、つまりは、また引きこもりのような生活を送れってこと……だよね？

い、いやだぁ～!!

◇◇◇

お兄さまに外出禁止令を言い渡された翌日。今日はザーラが復帰する日だけど……私が目覚めた時から、なにやら離宮全体が騒がしい。

何があったのかと首を傾げると、コンコンとドアをノックする音がした。

「アナスタシア殿下。ヒマリ・メリバです」

「どうぞ入って」

ヒマリさんがやけによそよそしかったので、私もお姫さま口調で返してしまう。

でも、それは正しかったようだ。

部屋に入ってきたヒマリさんの後ろに、あの方がいたのだから。

「ヴィ、ヴィオレーヌお姉さま……どうされましたか？」

ヒマリさんと一緒に入ってきたのは、ヴィオレーヌお姉さまだった。離宮が騒がしかったのはこの人が原因だな。

いつも澄まし顔のヴィオレーヌお姉さまだけど、今日はどこか緊張感を感じる。

いや、表情は普段とほとんど変わってないんだけど、なんかそんな雰囲気を感じるの。

「アナスタシア。本日はわたくしと共にいてもらいます」

拒否権を与えないかのようにそう言うお姉さまに、私の気が引き締まる。

どうやら、私の直感は間違ってはいなかったらしい。

お姉さまが、ヒマリさんに椅子とお茶を持ってくるように指示をする中、私は思考にふけっていた。

なぜ、お姉さまがここに来たのか。

家族だから遊びに来ることは、そんなおかしなことでもない。

でも、それは普通の家族ならの話だ。

私に関しては、関わらないほうが日常なのだ。

現に、私が放置されていた時は特に危険という危険はなかったように思う。

だけど、最近になって再び交流を持ち始めた今は、私の身柄が狙われることが明らかに増えている。

それはつまり、兄姉たちが私と仲よくしていると困る人や、私が兄姉たちの弱点と思っている人たちが、一定数いるということだ。

もしかしたら、私の存在自体が気に食わないのかもしれないけど、お飾りとして放置されているのであれば、無理して狙ってくることはない。

あのお兄さまたちの地雷を踏めば、爆発なんかでは済まされないのは、私よりも、他国や貴族たちのほうがわかっていると思う。

でも、狙われているということは、そんな危険は承知の上でということなのだ。

それなら私のことを狙っているのは、多分前者の、兄姉たちが私と仲よくしていると困る人たちだ。それも、相当なものなんだろう。

そうなると、お姉さまがここにいるのにも納得がいくというもの。

前者と後者で何が違うのかというと、私が殺される確率の違いだ。

私たちが仲よくしていると困るのならば、私のことを邪魔だと思っているのだから、殺すことに躊躇いはないだろう。

なら、弱点と思っている場合は？

そういう時は大抵、兄姉たちを自分の言う通りに操りたい場合がほとんどだ。そういう場合に選ぶ手段は、人質を取ること。誘拐とか、死なない程度に毒を盛って、解毒薬と引き換えにとか。それだと、私が殺される確率は、ぐんと下がる。死んじゃったら従う理由がなくなっちゃうからね。

でも、これだけじゃあ、お姉さまが前者が原因で留まる理由としては弱いかもしれない。

だけど、ここに来たのがヴィオレーヌお姉さまというところに着目すると、答えが見えてくる。

私を殺すのに躊躇いがないということは、一切手加減をする気がないということだ。別に、護衛を殺したところで、そこまでの不都合があるわけでもない。死体が増えるだけだ。

ヴィオレーヌお姉さまは、そこまで守りが得意なわけじゃない。たとえるなら、攻撃は最大の防御を具現化させたようなお方だ。攻撃される前にこちらが攻撃することで勝つタイプ。

本来なら、そんな人は護衛には向かないんだけど、相手が殺し屋などのこちらの命を狙ってくる人間なら話は別である。

守りに特化した兄姉なら、ルナティーラお姉さまとかその辺りなんだけど、もし、お姉さまの防御力よりも相手の攻撃力のほうが高かったら、お姉さまたちにはなす術がなくなってしまう。

守りに特化している兄姉たちは、ヴィオレーヌお姉さまたちと比べたら、戦闘能力はそこまでって感じだからね。

だからこそ、初撃を食らう前に相手を魔法で感知し、戦闘不能に追い込めるヴィオレーヌお姉さまを護衛にするのが最善策なのだ。

それならエルクトお兄さまもいるべきかもしれないけど、お父さまやお母さまたちへの報告とか、警備の配置確認とかで忙しいんだろう。でも、すぐに駆けつけられる距離にはいてくれているはずだ。

「お姉さま。私といるとおっしゃるのであれば、いろいろとお話ししませんか?」

ただ黙って一緒にいるのは、息が詰まってしまう。

ヴィオレーヌお姉さまとずっと一緒にいるのは滅多にないことだし、いい機会だ。

「かまいませんけれど……あなたが楽しめるような話題はなくてよ」

「大丈夫です。お姉さまのことが知りたいだけですから」

私がそう言うと、お姉さまはあまりにも予想外だったのか、珍しくきょとんとする。

「わたくしの……?」

もしかして、あまり自分のことを聞かれることがないのかな? まぁ、ヴィオレーヌお姉さまならあり得なくはないか。

「はい。お姉さまの好きな食べ物とか、趣味とか、逆に嫌いなものとか」

「そうですわね……公言できない内容もありますので、限られたものでよろしければ」

「公言できない内容とはなんですか?」

好きなこととか、苦手なことを聞くのがなんでだめなんだろう？

そう思っての質問だったんだけど、お姉さまは呆れたように見ている。

えっ？　えっ？　何かおかしなこと言った？

「好みや趣味などの、嗜好《しこう》に関する内容は、口外するのは禁じられております」

「そ、そうなんですか？」

「第三者のいる場で話せば、後々誰の耳に入るかわからないでしょう？　もし、敵対している存在にわたくしの嗜好が知られてしまえば、わたくしの行動の予測が立てられやすくなりますから、この身を危険に晒《さら》すことになりますわ」

ああ、なるほど。

確かに日頃の行動パターンが知られてたら、暗殺のタイミングとか、対策とか、簡単に考えられちゃうもんね。

じゃあ、私の趣味とかもあまり人に言うのはよくないのか。ザーラとかにはだいぶ知られてると思うけど、これからは気をつけよう。

「ならば、お話しできるものでかまいません」

「と、言われましても……」

お姉さまが言葉に詰まったことで、私は察した。

私が話題にしたものは、全部が規制対象なんだと……

それなら、嗜好とは離れていて、あまり人に知られても問題ない話題となると……

「では、お姉さまは学園ではどのように過ごされているのですか？　学園がどのようなところなのか知りたいです」

学園のことなら、当然ながら他の貴族たちも通っているため、趣味に比べたら規制は緩いだろう。他の貴族たちも知っているような情報なら、全然話せると思う。

私の予想は当たりのようで、お姉さまはすぐに口を開いた。

「学園では勉強がほとんどですが、お茶会をしている者も多いです。時間のある者は、鍛練をしているか、わたくしたちのように家に戻る者も多いですわね」

「そうなのですか」

へぇ～と聞いていた私は、ある言葉に、うん？　と引っかかる。

「……あの、学園が休みだから、お城にいるのではないのですか？」

学生なのにいつもお城にいるから不思議だなぁとは思っていた。

お姉さまたちとはそう頻繁に会うわけでもないし、むしろお姉さまたちのほうから私に会いに来ているから、てっきり、その日は学園が休みなのかなと思ってたんだけど。

「いいえ？　学園は今も運営しておりますよ？　わたくしたちは、すべての講義を受講し終えているので、学園にいる理由がございません。だから、ここにいるのですわ」

「す、すべての講義を⁉」

思わず声を上げて驚いてしまったけど、冷静に考えてみたら、うちのハイスペック兄姉なら、あり得なくはないわ。

飛び級制度があったら、一ヶ月で卒業してそう。それくらいには賢いもん、お姉さまたち。

「学園では、定期的に認定試験があるのですが、それに合格すれば、その後の講義を免除されるのです。わたくしたちは、すべての試験にて合格をもらっておりますので、講義を受ける必要がないのですわ」

「で、でも、貴族との交流など、為《な》すべきことはあるのではありませんか？」

そんなに早くカムバックしたら、貴族たちが残念がりそうなんだけど。

王女として、少しは貴族たちとの交流もしようよ。

「アナスタシア。わたくしは以前、あなたに言ったはずです」

一息置いて、お姉さまはにこりと微笑む。

「不要物は捨てるのではなく、手にしないことだと」

「そ、そうですか……」

お姉さまの有無を言わさぬ笑みに、私は白旗を上げることしかできなかった。

夜になると、ヴィオレーヌお姉さまと交代する形でエルクトお兄さまがやってきた。もしかして、二十四時間体制で見守るつもりですか？

どちらにしても、私はもう眠い。お兄さまとは普段から話してるから、話さないといけないようなこともないし、お兄さまには申し訳ないけど寝させてもらおう。

「お兄さま。もう寝ますね」

「ああ、俺のことは気にせずに好きにしろ」

お兄さまがそう言ってくれたので、お言葉に甘えて私は布団にくるまる。子どもは不思議だ。寝る体制に入ると、すぐに眠気が襲ってくるのだから。

目を閉じようとすると、お兄さまが立ち上がってどこかに行こうとしている。

どこに――と聞く前に、私は完全に眠りに落ちた。

◇◇◇

何かが顔をバシバシと叩く感覚に、私はぼんやりと目覚める。

『……い……！』

う～ん……なんだぁ？

『……きろって……』

う～ん……誰の声だ？

『起きろって言ってるだろうが!!』

「ひゃい⁉」

脳内に響いた大きな声で、ようやく私の意識は完全に覚醒する。

私が飛び起きると、そこにはライがいた。

「ど、どうしたの？」

『近くから神器の気配がする。前に感じたのと同じだ』

「ええっ⁉」

ライの言葉を疑うわけじゃないけど、このあたりにそれっぽいものはなかったように思う。

『ここにはねぇよ。移動してるみたいだ。誰かが持っていこうとしてるのかもな』

「そ、それってまずいんじゃない⁉」

ただでさえほとんどの神器の居場所がわかってないのに、唯一手がかりがある神器を持ち出されたら、ますます目的達成が遠ざかる！

「は、早く見つけて取り返さないと！」

『ああ、だから乗れ』

……はい？　乗れって……どこに？

私がぽかんとしていると、ライの体がどんどんと膨れ上がった。五メートルくらいはあるんじゃないだろうか。

私が唖然としていると、ライは私の襟《えり》を咥《くわ》えてひょいっと放る。

「わわっ！」

突然のことに困惑しつつも、体は重力に従って降下し、ライの背中に着地した。

『よし、しっかりと掴まってろよ』

「う、うん」

なんだかよくわからないけど、こうなったらなるようになれだ！

私が首に手を回すと、ライは動き出す。魔法でも使っているのか、ドアノブが勝手に回転し、ドアが開く。

廊下に出ると、ライは一気に駆け出した。

（ひぃいいいいい!!　速いー！）

私は言葉にならない悲鳴を上げながらも、使用人に見られはしないかと周囲を警戒するけど、まったく人の気配がない。私は、それに違和感を覚えた。

いくら夜中だからって、こんなに静かなものなのか、と。

『考察は後にしろ！　まずは神器を見つけるところからだ！』

私は、その言葉にはっとなって思考を振り払う。ライの言う通り、これは後で考えればいい。今は、目の前のことに集中しないと！

『具体的にはどうするの？』

『気配を頼りに探す。見つけたら、力ずくしかねぇだろうな。俺が剣に戻るから、お前が使え』

『うん』

ついに神器を使って戦うことになるのか。

今のうちに、覚悟を決めないと。

◇◇◇

外に出た私たちは、しばらく探し回るうちにようやく人影を見つけて、動きを止めた。

その人影は、どこかに走り去ろうとしているようだ。

「あれかな？」

『ああ、間違いねぇ。あいつから神器の気配をビンビンに感じるからな。剣に戻るぞ！』

「わかった！」

私が返事をすると、ライの体が光り輝く。そして、私の右手に握られるような形で剣になった。

その瞬間、私の体は地面に落ちたけど、大した高さでもないし予測していたので着地することができた。

『走れ！』

剣の指示通りに私は走り出す。私が草を踏みしめる音で気づいたのか、そいつは振り返った。でも、もう遅い。私はすでに剣を振り上げていた。

「やぁあああ！」

私は勢いよく剣を振り下ろす。男に当たる――と思った瞬間、剣が透明な何かに防がれる。その反発力は強く、私は剣もろとも吹っ飛んでしまった。

「うわぁっ！」

さすがに吹っ飛ぶのは予測していなかったので、思いっきり背中から地面に倒れ込んだ。そのまま地面を抉《えぐ》りながら数十センチほど後退する。

「あいたた……」

簡単にいくとは思っていなかったけど……神器が弾かれるなんて。

『防御できる魔法具でも持ってたのかな？』

『いや、神器である俺を真正面から受け止められる魔法具は存在しねぇはずだ。神器の力だな』

神器は防御できるのもあるのか……よりによって初戦がそんな相手なんて……

「貴様……末の王女か？」

私が立ち上がると同時に男の声が聞こえる。顔はよく見えないけど、首の向きからして、視線は私の持っている剣に向けられていそうだ。

私は剣を構えつつ剣に念を送って尋ねる。

『なんの神器かわかる？』

『いや、さすがに情報が少ないな。もう少し探ってみてくれ』

『わかった』

私は、ひとまずもう一回斬りかかってみる。男はまったく動こうとはしなかったけど、やはり透明な何かに弾かれて当たらない。軌道がまたずれたけど、今度はうまく着地できた。

普通にやっても意味はない――なら。

『雷を纏わせてみてくれない？　魔法なら通じるかも』

『りょーかい』

ライが返事すると同時に、剣がバチバチと雷を帯び始める。かなりの強さだと思うけど、熱さや痛さのようなものは感じないので、私にダメージはないみたいだ。

また斬りかかるだけでは防がれるかもしれないので、雷を飛ばしてみることに。私が剣を振ると、その延長線上に刃の形となって雷が飛んでいく。

さすがに男のほうも驚いたのか、瞬時に後退する。でも、雷から逃げ切れるはずもなく。雷が男の間近まで迫ると、また透明な何かに弾かれる。

魔法も防ぐのか。

「妙な武器だが、この守りは突破できないようだな」

そんな強がりのようなセリフを言うと、男は走り出す。

逃がすもんか！

『ライ！　私に雷を！』

『その名前で呼ぶなって言ってるだろ！』

文句を言いながらも私の体に雷を纏わせてくれる。とたんに、体中に力がみなぎってきた。私は右足に力を入れて、思いっきり地面を蹴る。

雷を纏った私の移動速度は、雷と同等。走っている男に一瞬で追いついた。

男の間近まで迫ると、男は目を見開き驚いていた。私は、すれ違いざまに剣を振り、男の十メートルほど先で着地する。速さに慣れていなくて、少しタイミングがずれてしまい、腕を斬りつけただけだったけど、男の腕からは血がポタポタと垂れていた。

攻撃が通った！

『不意打ちなら効くのかな？』

『かもしれないな。それか、神器が力を失いつつあるのかもしれん』

『えっ？　もう？』

いくらなんでも早すぎではないだろうか。私はまだ三回しか攻撃していないのに。

『俺は金級の神器だ。いくら同じ神器でもそうほいほいと防げるもんじゃねぇんだよ』

『そっか』

剣がそう言うのならそうなんだろう。それなら、これからは攻撃が通るかもしれない。私はもう一度地面を蹴って、間合いを詰める。

そして、胸元を狙って斬りつけた。これでトドメ——と思ったところで、また透明な何かに弾かれ、服を切り裂いただけだった。

むぅー、惜しい！

私が切り裂かれた服のほうを見ると、何かが月明かりか私の雷に照らされてキラリと光る。

それは、金属のチェーンに繋がれた丸い物体。

（ペンダント……？）

私がそれに意識を奪われていると、右脇腹に衝撃が走る。殴られたと理解した時には、私の体は左方向に吹っ飛ばされていた。

「っ……！」

痛みを堪えながら立ち上がろうとするも、体はふらつく。かなり痛い。今にも叫びたいくらいに。

なんとか剣を支えにして立ち上がるも、右脇腹に強い衝撃が走る。これ、下手をすれば骨にヒビが入ってたりしない……？

『お前、何ボーッとしてんだ。スピードが落ちて殴られたじゃねぇか』

『ごめん……ちょっとあのペンダントみたいなのが気になって』

私は、切り裂かれた服から見え隠れするペンダントに視線を向ける。

改めて見ても異様だ。美しい装飾が施されて、高級そうなペンダント。城に侵入するような者が持てそうな代物ではないように感じた。

『あれは……』

『何？　心当たりがあるの？』

『ああ。あれの正体はわかった。あのペンダントを取り上げるぞ』

『わかった』

ペンダントを取り上げろということは、おそらくはあれが神器なのだろう。剣を構えると、再び脇腹に激痛が走る。

こんな状態で、重い剣を振るのは難しそう……

『なら、短くしてやる』

剣がそう言うと、どんどんと剣が縮んでいき、ナイフくらいの大きさになった。これなら脇腹に負担をかけずに振れそうだ。

でも、その分接近しないといけない。下手に近づけば、さっきの二の舞になるだろう。なら、あの方法しかない。

『もう一回、雷を纏わせて』

『ああ。だが一発で決めろよ。また吹っ飛ばされでもしたら、お前の体が持たない』

剣は忠告しながら私に雷を纏わせてくれる。

言われなくても、もう気を抜いたりしない。私は地面を思いっきり蹴り上げる。体はかなり悲鳴を上げていて、先ほどと比べてスピードが落ちてしまう。男も警戒しているのか、私から目をそらそうとはしない。

さすがにそのまま一直線に進めば返り討ちにされるだけなので、私は右斜め前方に移動する。着地したら、今度は男の後ろを通りすぎるように移動し、次は最初の場所に戻る。

それを繰り返し、男を囲うようにして移動を続けた。

いくら先ほどよりもスピードが落ちているとはいえ、さすがにぐるぐる回られると目が追いつかないらしく、男は私を見失ったようだ。

私は、その一瞬の隙を見逃さない。男が私から視線をそらした瞬間、男の懐に飛び込み、手を伸ばす。

男が私の存在に気づいたのは、私がペンダントを握りしめた後だった。もう片方の手で剣を振り、ペンダントのチェーンを切る。

ペンダントをしっかりと握りしめたまま男の五メートルほど先で着地した。

「うまくいったぁ……」

『お前にしてはやるじゃねぇか』

珍しくライが褒めてくれる。ふふん。もっと言ってくれてもいいんだよ？

『すぐに調子に乗るお前に必要以上のことは言わねぇよ』

『……ケチ』

ライはふんと鼻息を荒くして、何かに話しかける。

『お前、水鏡《みずかがみ》だろ』

『その声は……金剣か？』

ライとは別の声が脳内に響く。もしかして、このペンダントの声……？

『神聖《しんせい》なる水鏡って名前の神器だ。ありとあらゆる攻撃を弾き返す効果を持ってる』

『だから吹っ飛ばされたんだね……』

ただ攻撃を防ぐだけなら、あんな派手に吹っ飛ぶことはない。でも、弾き返すとなると、その攻撃を押し返すことになるから飛ばされてしまうのだろう。

『金剣。この子はお前の持ち主か？』

私が脳内会話に参加したことで、ペンダントもようやく私の存在を意識したようで、ライに尋ねている。

『ああ、話すと長くなるんだが――』

ライが説明しようとしたところで、ザッザッと草を踏みしめる音がした。

私がそちらのほうに体を向けて剣を構えると、男がこちらに近づいてきていた。

「それは返してもらうぞ」

全然諦めそうにないな。やっぱり、これが神器なのを知ってて狙ってる……？

『それは後で考えろ。まずは、あいつをどうするかだろ』

それはわかってる。

でも……

『私、もう体力残ってないよ』

ペンダントを奪う時に動き回って体力を使い果たしてしまった。雷のドーピングも切れて、右脇腹の痛みも増している。

『仕方ねぇな』

剣がため息混じりに呟いた瞬間、私の視界が弾ける。

景色ははっきりと目に映っているのに、意識がぼやけて、それがなんなのか認識できない。

男と思われる人影がゆらりと揺れると、後ろに回した私の右腕がぶんと振り上がった。

えっ？　と思っている間に、私の右腕が男の首もとに剣先を突きつけた。

いつの間にか、剣は元の長さに戻っている。

男はゆったりとした歩みを、ピタリと止めた。

動揺しているように見えるけど、私もわけがわからない。

お互いに動揺しているうちに、私の右腕に、ピリッと痺れるような感覚が流れる。

「がっ！」

男のうめき声のようなものが聞こえたと思うと、男はふらつきながらその場に倒れてしまった。

それを認識すると同時に、私の視界が鮮明になり、右腕が重力に従うように、地面へと降ろされる。

いったい、何が起こったの……？

私が事態を理解できずに呆然としていると、脳内に声が響く。

『俺がお前の精神を通じて体を操っただけだ。死んでないから安心しろ。そんなことより、俺との繋がりを――』

「ちょっと！　操ったって何⁉　そんなことじゃすまないんだけど！」

思わず声が出たけど、もう声を聞く人はいないし、そもそも、声に出すなというのは無理がある。

ただ大きな声を出したから、右脇腹がズキッと痛んでしまった。

『そんなことは後でいいから、とりあえず俺との繋がりを切れ。お前が切らないと、戻れないんだよ』

えっ、そうなの？　初耳なんですけど？

『考えるのは後にしろ。さっさとやれ』

「し、静まれ、とか？」

急かされた私が適当に考えた繋がりを断つ言葉を言うと、剣はふっと手元から消えて、子トラの姿に戻る。

『そうだな。口調はムカつくがそれでいい』

うん、一言余計だよ。

『そんなことより、何を聞こうとしてた？　操ったことに騒ぎ立てていたが』

「あっ、そうだよ！　何をどうしたの⁉」

さぁ、説明しなさい！

そうやって、脳内の剣に意識を向けていた私は、完全に気づかなかった。

「お前こそ、何をどうしたんだ」

その声に、私はピシッと固まる。

ま、まさか……ね？

私がおそるおそる振り返ると、私を見下ろすように立つ人影が一つ。

月明かりに照らされるように、金の瞳がキラリと光る。

私は、静かにその人物の名前を呟いた。

「エ、エルクト……お兄さま」

◇◇◇

寝ていたはずの私がいなくなったことで、離宮は大騒ぎだったらしい。

でも、侵入者が捕まって、私の体もルルエンウィーラさまに治してもらったことにより、三日後には、お城は一応の平和を取り戻した……私以外は。

「さて、ある程度の処理を終えたところで、説明してもらうとしようか」

私は、部屋に押しかけてきたエルクトお兄さまの尋問を受けている。

蛇に睨まれた蛙の気持ちが、今ならすごいわかる。

まだ安静が必要のためベッドで休んでいたんだけど、早く逃げ出したい。

「説明って言われても、私はなんとか逃げようとしただけで……」

私が剣に尋問しようとした言葉を聞いただけなら、という思いで言ってみたけど……

「そうか？　俺の目には、金色の剣を握った子どもが男を倒しているように見えたがな」

あっ、これ言い逃れできないやつだ。一部始終を見られてるわ。

これは、真実を話さないと納得してもらえないと思うのですが、どうでしょう？

『隠し通せないなら話しとけ』

私の膝の上で丸まっているライから返事がある。ライからも背中を押されたので、意を決して話すことにする。

「あれは、神器です」

「神器……だと？」

完璧王子のお兄さまが、珍しく呆けている。

まぁ、信じられないよね。私だってそんなこと言われたら、まずは自分の耳を疑うし。

「……いや、そうか。なら、あのような動きも説明がつくか」

でも、私の考えとは反対に、お兄さまはあっさりと納得した。

あれれ？　信じちゃうの？

「あの……嘘とは思わないんですか？」

「神器と嘘をついたところで、お前には何の得もないだろう。あのような剣は、王宮では見た覚えがないしな」

王宮にある武器を覚えてるの？　私は場所すら知らないよ？

「だが、お前は魔力を賜ったのではないか？　儀式を終えた後に、そのように言っていただろう」

そういえば、少女式から帰った後、ルナティーラお姉さまから聞かれて教えた時に、エルクトお兄さまもその場にいたっけ。

「じ、神器も一緒にもらったから、嘘はついていません」

「そうなのか。なぜ隠していたんだ？」

「話さないほうがいいかなって……」

本当は女神さまに話すなと言われたからだけど、それを言ったらもっとややこしくなりそうなので、適当にごまかしておく。

これは、嘘かどうかわからないはずだ。

お兄さまは、納得したように頷く。

「その判断は正しい。これからも、他人には話さぬように。城内では使用するな」

「もちろん、気をつけますが……お父さまたちにも隠していていいのですか？」

エルクトお兄さまは、私のお兄さまというよりかは、王子さまという感じの人だから、国のためにも話すかと思っていた。

神器の力は、絶対に国にとっても大事なことなのに。

「お前が神器の力を持っているとなると、陛下は、いざという時、国のためにお前の力を使わなければならない。公表すれば、他国からもその身柄を狙われるだろう。自衛の手段がない今は、そのような行いは危険すぎる」

「自衛の手段なら、神器がありますよ？」

「ほう。怪我で三日も寝込んでいたのに自衛の手段になるのか」

言葉のナイフが、私の心臓にグサリと刺さった。

ド正論すぎて、何も言い返せないのが、なんか悔しい。

「こ、今度はもっとうまくやりますよ！」

「……なら、その時は期待せずに待っておこう。今回の件は、こちらに非があるしな」

「期待してくださいよ！」

私は反射的にツッコミを入れた後に、うん？　と思った。

お兄さま、今、なんて言いました？

「あ、あの、今の言葉は……」

「……こちらに非があるという部分か？　それなら事実だ。責めたければ責めろ」

「そ、そうじゃなくって！　どういう意味ですか⁉」

私がたずねると、お兄さまはわけがわからないといった顔をする。

どうやら、聞かなくてもわかると思われてたみたいだけど、お兄さまたちのハイスペック頭脳と、私のぽんこつ頭脳を一緒にしないでくれたまえ。

「今回、俺とヴィオレーヌがお前の護衛をしていたが、お前が眠ったのを見計らって、席を外したんだ。敵を炙り出すためにな」

「炙り出すって……？」

「お前も、少しは疑問に思わなかったか？　今までの侵入者は、ほとんどが俺たちがお前の離宮にいないであろう時間を狙ったかのようにやってきている。向こうも、俺たちのことは脅威だと思っているんだろうな」

それは思った。

お兄さまのことだから、席を外したとしても、そんな長く空けるとは思えない。

それなのに、私の離宮の近くまで来ていたということは、お兄さまが席を外したのを知ってたってことだ。

まあ、神器を狙ってたならなんで私の離宮に侵入しようとしていたのかは気になるけど。

「答えは一つ。この離宮に内通者がいるということだ。そうでなければ、秘匿されている俺たちの行動パターンを分析できるはずがない。だからこそ、そいつを炙り出すためにその場を離れる必要があった」

お兄さまの言葉には、妙に納得してしまった。

それと同時に、なぜか寒気がする。嫌な予感というやつだろうか。

「その人はもう捕まえたんですか？」

「ああ。すでに地下牢に閉じ込めている。証拠もあるし、刑罰は免れんだろう」

淡々とそう言うお兄さまに、私は小さな声でたずねた。

「内通者は……誰、だったんですか？」

「……お前が、一番心当たりがあるはずだが？　最近、姿を見かけない者がいるはずだ」

姿を見かけない者として、私はある人が真っ先に浮かぶ。

でも、そんなはずない。信じたくない。きっと体調不良とか、そんな感じのはず。

「だから、誰なんですか……」

私は振り絞った声で、もう一度尋ねる。

お兄さまは、はぁとため息をついて答えた。

「名前はザーラ。お前に最も接触していた侍女だ」

お兄さまの声は、静かに部屋に響いた。

◇◇◇

翌日から、私は部屋に引きこもっていた。もう医者から外出許可はもらっていたけど、外に出る気がまったく起きなかった。

それほどまでに、喪失感が大きかった。

私のことが心配なのか、お兄さまたちが会いたいと使者を送ってきたけど、そんな気持ちにもなれずに、全部断っている。

ライも、いつもなら私が一人の時は軽口を叩いてきたけど、気遣ってくれているのか、何も言ってこない。

「アナスタシアさま。ヒマリ・メリバです。入ってもよろしいでしょうか」

「……いいよ」

本来ならどうぞとか、入ってとか上品に言うところだけど、お姫さまのように取り繕う気もなかった私は、ボソリとそう言った。

許可をもらったヒマリは、静かにドアを開けながら、私の様子を伺うように入ってくる。

「何の用？　お母さまたちのおつかい？　侵入者のことなら、エルクトお兄さまに話したのが全部だよ。ザーラの……こと、なら……」

誘拐に関してはすらすらと口に出せたのに、ザーラのことになると、とたんに言葉が詰まってしまう。

言えばいいのに。内通者だったって。そう、言えばいいだけなのに……

なんで、言葉にできないの？

「アナスタシアさま」

ヒマリが、私の手をぎゅっと握ってくる。

決して痛くないのに、力強さを感じる。

「差し出がましいかもしれませんが、アナスタシアさまさえよろしければ、私とお茶でも飲みませんか？」

「お茶……？」

「ザーラがいない今は、仮として王妃殿下が使用人の管理をなさっているのですが、王妃殿下から、三日ほど休暇をもらいました。私が、ザーラの次にアナスタシアさまと交流を持っていたから、と」

「シュリルカお母さまが……？」

きっと、気を遣ってくれたんだ。私の今の様子を見ていれば、私にとってザーラがどういう存在だったのか、家族にはわかってしまうんだろう。

だから、ヒマリを遣わしてくれた。

その好意には、素直に甘えないと。

「じゃあ、ミルクティーをちょうだい」

「かしこまりました」

ヒマリは嬉しそうな顔をして出ていき、数分後には、ミルクティーを淹れて戻ってきた。王宮勤めだっただけあり、仕事が早い。

私は、ヒマリの淹れてくれたミルクティーを飲む。

同じ味のはずなのに、ザーラの淹れるものとは全然違うように感じた。

ザーラは完璧な味という感じだったけど、ヒマリは、ただ暖かい。

私は、こっちのほうが好きだ。

「ザーラのもおいしかったけど、ヒマリのほうがおいしいね」

「ありがとうございます。ですが、ザーラが聞けば、悔しがりそうですね」

「そ、そうかな……？」

悔しがって……くれたらいいけど。

ザーラの今までの言動が、すべて私の信頼を得るための演技に見えてきて、何もかもが信用できない。

一体、何が本当のザーラで、演技のザーラなのか、まったくわからない。

「アナスタシアさま。これだけははっきりと言えます。幼い頃は存じ上げませんが、私がここに配属されてからは、ザーラは常にアナスタシアさまのことを考えているように見えました」

「うん……」

それはわかってる。私のことを考えてないのなら、一人で出歩くことを注意したりもしないし、私と気が合う使用人を側に置けるように配属したりすることもない。

でも、もしそれが、私の信用を勝ち取るためだったんじゃないかと考えてしまうと、胸のとっかかりが取れない。

「……アナスタシアさま。一度、ザーラとお話ししてみませんか。よろしければ、私もお供します」

「でも、お父さまたちが許すかな……？」

「事前にお話しすればいいと思いますよ。罪人との面会は許可されていることですし、護衛を連れていけば、そこまでの問題ではないはずです。それに、許される見込みがないなら、私はこんな提案なんてしませんよ」

そう言われると、なんか大丈夫な気がしてきた。ヒマリの言葉だからなのかな。

「じゃあ、お父さまたちに頼んでくれる？」

「かしこまりました。少々お待ちください」

それから一時間後。ヒマリが許可が取れたと言って戻ってきた。

……エルクトお兄さまを引き連れて。

「あ、あの……なんでお兄さまが？」

もしや、前回の神器についての話に不備でもあったのかな？　それとも、やっぱり嘘だと思われた？

「一応、罪人との面会だからな。護衛もなしに行かせるわけにはいかない」

「えっ⁉　お兄さまが護衛してくれるんですか？」

そういうのって、騎士とかの役目なんじゃないの⁉

「何度も不法侵入を許す奴らに護衛は任せられないからな」

「な、なるほど……」

それなら仕方ないな。私も、不法侵入を許したことには怒ってるから。神器を持ち出されそうになったわけだしね。

あっ、神器といえば――

「お兄さま。これは私が持っていてもいいんでしょうか？」

私はずっと部屋に置いていたペンダントを見せる。

『おい！　まさか返す気じゃねぇだろうな⁉』

『違うよ。私が持つ許可をもらわないと』

これは元々この王宮にあったものなのだ。なら、私が持つ許可がないとまずいだろう。

お兄さまはきっと、このペンダントが神器だということを知らない。頼み込めば許可をくれるはず……

「構わん。それは元々お前に渡すつもりのものだったからな」

「えっ？　そうなんですか？」

「前にシルヴェルスが言っていただろう？」

そうだったかと私は記憶を掘り起こす。しばらく遡《さかのぼ》るうちに、私の誕生日に渡す予定だったと言っていたのを思い出した。

あれ、神器のことだったんだ。それならあの時にもらっておけばよかった。

『お前なぁ……』

脳内にライの呆れの声が響いた。

◇◇◇

そんなこんなで私たちは、エルクトお兄さまの案内で、ザーラがいる搭へとやってきました。名前は陰影搭《いんえいとう》と言い、罪人を閉じ込めておく牢屋だけがあって、いわゆる刑務所みたいなところです。

搭とはいっても、地上に出ているのは二階までで、他はすべて地下のため、地上から見ると、そんなに高さはありません。

地下には、五階分あるんだけどね。

地上に出ている部分が少ないのは、単純な理由で、使用者が少ないから。

陰影搭は、罪の重さによって収容される階が決まるんだけど、そもそもここに閉じ込められるような人の罪は、不敬罪だったり、王族の暗殺だったりと、重罪ばかり。

そのため、高貴な王族の目に触れないようにと地下に収容されるのだけど、例外がある。

王族が、罪を犯した場合である。

罪人であっても、貴き血筋。平民たちよりも位を低くするわけにはいかないと、他の王族よりは低めに、でも平民よりは高めにということで、地上に収監されるのである。

めんどくさいよね、うん。

「罪人との面会だ。通せ」

「は、はい。ただいま」

見張りの人に偉そうに命令しているエルクトお兄さまを見ると、やっぱり王子さまだなぁというのを再認識する。私といる時はお兄さまって感じだからね。

「中は暗いので、こちらをお持ちください」

そう言われて渡されたのは、ランタンのようなもの。

それを持って中に入ると、そこには薄暗い空間が広がっていた。

夜に歩いた私の離宮の廊下と比べると、本当に暗い。まず通路に明かりがなく、一部屋に一つだけ小さな照明があるくらいだ。

でも、暗い空間に入ったとたんに、魔法パワーかはわからないけど、ランタンもどきが光ってくれたお陰で、普通に歩くことと、お兄さまたちの顔を確認することはできた。

初めて来た場所に好奇心が抑えきれずに、キョロキョロと見回す。

地上は王族が収監されるからか、罪人を閉じ込めておく場所にしてはそれなりに清潔で、大きさも広めだった。

「アナスタシア。早く行くぞ」

「あっ、はい！」

よそ見していて歩みが遅くなっていたようで、お兄さまとヒマリとは少し距離ができていた。

私がお兄さまたちのほうに駆け寄ると、タッタッタという足音が、小さく響く。

私が追いついたのを確認するとお兄さまは階段を降りていく。それを追うように、私とヒマリも階段を降りる。

私は、少し駆け足になっていた。ザーラは、地下一階にいると聞いていたから。

王族に危害を加えるのは重罪ではある。だけど、ザーラ自身が行ったわけではないことや、今までの働きぶり、素直に自供しただけでなく、まだ判明していなかった情報を提供したことなどが考慮され、地下一階に収容中というわけだ。

とはいっても、いかなる理由があっても外に出ることはないし、王族の暗殺を幇助《ほうじょ》したとして、極刑は免れないとされているらしいけど……

「あそこだ」

そう言ってエルクトお兄さまが指差したところには、人影がある。

私がゆっくり距離を詰めていくと、だんだんとその姿が露《あらわ》になってくる。

向こうも私に気づいたようで、驚いたように目を見開く。

「……久しぶり」

口から出た言葉は、それだけだった。そう言った後は、俯いてしまう。

なんて言っていいのかわからない。聞きたいことはあるのに、どうやって話せばいいのかわからない。

アナスタシアとして生まれてから、一番話してきたはずなのに。

「……はい、王女殿下」

〝王女殿下〟かぁ……仕方ないことだとはわかってるけど、やっぱり距離がある。

ザーラも、話すことが見つからないのか、それ以上何かを言うことはない。

聞かないと。今、聞かなきゃ、ずっと聞けない気がする。

でも……言葉が出ない。

「……ザーラさん」

ここに来てから一言も話していなかったヒマリが、言葉を挟んできた。

「……なんでしょう」

私も何を言うんだろうと息を呑むと――

「実は私、アナスタシアさまとお茶を飲んだのですが、アナスタシアさまは私が淹れたミルクティーのほうがおいしいとおっしゃったのですよ」

勝ち誇ったようにそう言うヒマリに、私もザーラもきょとんとしてしまう。

ヒマリの言葉を理解した瞬間、私は驚愕した。

確かにそうなんだけど、今言うことですか⁉

まだぽかーんとしている私をよそに、ザーラも勝ち誇ったような顔をする。

「あら、そうなのですか。ですが、王女殿下は、私の作ったクッキーもおいしいとおっしゃってくださいましたよ。ヒマリは作れるのですか？」

どこで張り合ってるの⁉　いや、それも事実なんだけど！

ヒマリは、むむっと口を尖らせている。

「わ、私だって、クッキーくらい焼けますよ！」

「私はケーキやタルトも作れますし。王女殿下は、フルーツタルトが特に気に入っておられましたが、それもできると？」

「当たり前じゃないですか。それくらい、ちょちょいっと……」

一体、何の争いですか……？

「あら。その割には、お茶を淹れるためのお湯を取りに来る時以外に、ヒマリが厨房に出入りしていたというのは聞きませんね」

「うっ……！」

ザーラのその言葉で、ヒマリは言葉を詰まらせる。ザーラの勝利が決まったようだ――

「ま、まぁ、お茶を淹れる技術は私のほうが上ですからね！　お菓子くらいは譲ってあげますよ！」

そう思っていた時期が、私にもありました。ヒマリは止まらなかった。

これ、無限ループじゃない⁉　ザーラが乗っかったらヤバいよ！

「では、ヒマリに教えようと思っていたレシピは、胸の内に秘めておくとしましょう」

「あっ、いや、そういうことじゃなくてですね、レシピは知りたいというか、なんというか……」

ニヤリと笑うザーラにヒマリが焦ったように早口で言う。

その様子がおかしくて、私はふふっと笑ってしまった。すると、二人は争いをやめて、私のほうに視線を向ける。

ヒマリは、私の側でしゃがんで、静かに囁く。

「少しは落ち着かれましたか？」

私は、はっとした。

ヒマリは、私の……いや、私とザーラの様子に気づいていたんだろう。

急に立場が変わってしまったことの戸惑いと寂しさの混じった、複雑な感情に。

それを和らげるために、離宮ではよくあったやりとりをしてくれたんだと。もしかしたら、ザーラもわかって乗っかってくれたのかもしれない。

「……うん。もう大丈夫」

私は、複雑な感情を共に、大きく息を吐き出して、ザーラと目を合わせた。

……ちゃんと、向き合わないと。

「ザーラ。いくつか、聞きたいことがあるの」

「……はい、王女殿下」

ザーラも、覚悟を決めた顔で、私を見据えた。

ヒマリは気を遣ってか、私から離れてくれる。あまり人に聞かれたいとは思わなかったから、ありがたい。

「……ザーラは、いつから王宮の情報を横流ししていたの？」

「王女殿下がお生まれになってすぐの頃です。一ヶ月も経っていません」

思っていたよりずっと昔だ。まあ、そんなすぐの頃からなら、私が気づかなくても無理ないか。その頃の記憶って寝てばかりだったから、いろいろ曖昧なんだよね。

「理由は？」

「私には、病弱な弟が二人いるのですが、その薬代に。高価なので、使用人の給金では足りませんでしたから」

う～ん……よくありそうな理由だな。

やったことがやったことだからか、それともザーラだからなのか、なら仕方ないとか、そんな理由でとはならない。

ふーんって感じで、どうでもいいわけではないんだけど、どこか他人事のような、空虚であるような。

「生まれた時からなのに、あまり危険な目には遭わなかったけど」

「あっ、それは……」

ザーラは、初めて言葉を詰まらせた。

そして、同じ方向を向いてはいるけど、わずかに私から視線をそらした。まるで、私の後ろを向いているかのように。

私がくるりと振り返ってザーラの視線を追うと、そこにはエルクトお兄さまが退屈そうに立っている。

私たちの視線に気づいたのか、エルクトお兄さまは少し顔を上げる。

「別にアナスタシアにも隠しているわけではない。好きに話せ」

そんな意図の読めないことを言うエルクトお兄さまに首を傾げると、「実は」と後ろで声がして、私は姿勢を戻す。

「他の王子殿下や王女殿下が、密かにアナスタシア王女殿下をお守りしていたそうです。私も、先日に耳にするまで存じませんでしたが……」

私は、今度は顔だけをエルクトお兄さまのほうに向ける。

エルクトお兄さまは、ふんと顔をそらして言う。

「騎士が使い物にならんからな。俺たちが見回りしていただけだ」

「で、でもそんなこと一言も……！」

言ってくれれば、私だってもっと早く危機感を持った。

私のことなんて誰も気にしてないと思ってたけど、何もされてないんじゃなくて、ただ危険を感じる前に排除されてただけなんて。

「言う機会がなかったからな。食事会の場は給仕がいて、外で会う時にも、貴族どもの回し者がどこでうろついているかわからん。それに……」

そう言って、私をじっと見据える。

「お前に告げたところで、どこまで本気にするかわかったものではなかったからな。狙いは自分じゃなくて俺たちだくらいは、平気で言うだろう？」

「うっ……！」

否定したいのに否定できないのはなんでだ。

でも、私よりもお兄さまたちのほうが厄介に思われるのは、間違いじゃないと思うよ！　魔法とかの戦闘能力だけじゃなくて、頭もいいもん！　絶対に敵に回したくない人たちなんだから。

「まぁ、言わずにいたのは悪かった。お前のことを考えるなら伝えておくべきだったな」

そうやって、悪いと思ったらすんなりと謝られちゃうから、怒るに怒れないんだよ。

「もう過ぎたことなのでいいです」

私はそう言って、お兄さまからザーラに視線を戻す。

「それで、なんで私にいろいろ言ったの？　私が死んでもいいって思ってたなら、あの人たちみたいに放っておくと思うけど」

思い浮かべたのは、私に冷たかった使用人たちだ。

お母さまたちの手によって解雇されているけど、三年間一緒だったから、忘れるに忘れられない存在でもある。

あの人たちは、露骨に私を虐《しいた》げていたわけじゃないけど、私が生きようが死のうがどうでもいいって思っていたのは、間違いないと思う。

でも、ザーラは私の身の危険だけでなく、王女の権力の強さとか、私の立場とかも教えてくれた。お陰で、少女式の日は何事もなく終えられたし、フウレイの話では、私を悪く言う人は明らかに減っているという。

魔力はなくとも、振る舞いは及第点以上ではあるのだろう。それは、ザーラの指導も少なからずあった。

「……情が移った、というのが答えになります」

「私に……？　どうして？」

私は特殊な立場で、途中から家族が会いに来なかったから、ザーラたちが私の親代わりになっていた。

だからこそ、情が移るのは不思議ではないけど……冷たかった使用人たちも、赤子の頃から一緒だったのに、なぜザーラはそうならなかったんだろう。

「ご気分を害されるかもしれませんが、アナスタシア王女殿下は、他の殿下方と比べたら……というところがおありでしょう？　他の殿下方はそこまで可愛げはありませんでしたが、アナスタシア王女殿下は違いましたから」

「そ、そっか……」

まさか子どもらしくてかわいいからと言われるとは思わなくて、思わず苦笑いしてしまう。

というか、エルクトお兄さまの前で、よく言えるね。

「可愛げがなくて悪かったな」

ほら、お兄さまが反応した。普段は、こういうのは無視してるけど、相手がザーラだからかな？

ザーラも、特に怖くはないのか、クスクスと笑っている。

「そういうわけで、私は王女殿下に死んでほしくないと思い始めたので、いろいろと口出ししておりました。情報を横流しする頻度も、徐々に減らして、王女殿下が少女式を迎えた頃には、ほぼ行わないでいたのですが……」

そこまで言うと、元々暗く見えたザーラの顔が、さらに暗くなる。

「相手から、怒られたの？」

ザーラは、そっと目を伏せた。おそらくは、肯定を意味している。

ザーラの情報を頼りにしていた相手としては、ザーラからの連絡が途切れるのは好ましくない。

城の内部に入り込めるのなら、偶然を装って、病弱な弟たちを出汁にして、忠告でもするだろうし、そうでないのなら、こっそり侵入して同じことを――と、思ったところで、私はある可能性に行きつく。

ま、まさか、違うよね？　そうじゃないよね？

「……ザーラが刺されたのって、偶然じゃなかったの？」

今の今まで、ザーラが刺されたのは、侵入者と遭遇してしまった、不幸な偶然だと思っていた。

でも、それが偶然じゃないなら？　たまたま会ったのではなくて、元々会う約束をしていて、口封じとして殺そうとしたのなら？

すべてが……繋がる。

「そうでしょうね。私を刺してすぐに、来た道を引き返そうとしましたから、最初から狙いは私だったのでしょう」

ザーラは、微笑みながら話す。

どうして笑っていられるのか、まったくわからない。

「私も、少し疑うべきでしたね。珍しく向こうから呼び出されたと思ったら、あのような目に遭ったのですから」

その微笑みは、どこか悲しそうだった。少なくとも、後悔しているようには見えない。きっと、全部受け入れてるんだ。自分がこれから、どうなるのかも理解して。だから、他人事のように淡々と語っている。

刺されたザーラから城内の情報を手に入れた侵入者は、私を殺すために——とお兄さまは思っているが、実際には神器を盗むために——離宮へ来たというわけだ。

ザーラには、死んでほしくない。たとえ、牢屋から出られなくても、時々こうしてお話ししたい。

でも……無力な王女に、そんな権限はない。お父さまが命じれば、私がどんなに喚《わめ》こうが、極刑にされる。

私は、ぎゅっと拳を握りしめていた。

悔しい。無力で、何もできない自分が憎たらしい。どうにか、どうにかできないのか。

一体、どうすれば……

「アナスタシア」

私を呼ぶ声がして、後ろを振り返る。

すると、お兄さまがちょいちょいと手招きをしていた。

私がお兄さまのほうに駆け寄ると、お兄さまは姿勢を低くして、私と目線を合わせてくる。

「お前は、あいつをどうしたいんだ？」

小声で、そうたずねてきた。

「……死なせたくないです」

でも、どうすればいいかわからない。どうすれば、合法的に生かせておけるのか。

「なら、一つだけ方法がある」

お兄さまの言葉に、私はパアッと顔を輝かせる。でも、その後に続いた「だが」という言葉に、私は顔を曇らせた。

「その方法をとれば、このように気軽に来ることはできない。頻繁に会うこともできない。それでもいいな？」

「……わかりました。それでいいです」

迷いは、ほとんどなかった。

「では、俺は今から陛下のもとに行く。メリバはアナスタシアを連れて離宮に戻っていろ」

「は、はい！　エルクト殿下！」

えっ!?　いきなりお父さまのところですか!?

いや、こういう処罰はお父さまがやるんだろうけど、いくらなんでもそう簡単に会えるとは思えない。

「あの、お兄さま――」

「三日もあれば答えは出る。待っていろ」

私の静止も聞かずに、お兄さまは足早に階段を上っていった。

どんな策かはわからないけど、お兄さまは自信があるようだった。今は、信じて待つことにしよう。

「ヒマリ。戻ろう」

「かしこまりました」

私とヒマリはザーラに手を振って、陰影塔を後にした。

エピローグ　私の家族は最高です！

ザーラに会いに行ってから三日後。すべての王子、王女の離宮に通達があった。

内容は、ザーラはアナスタシア王女暗殺を幇助した容疑があり、罪状が確定するまで陰影塔に収容されるというもの。

「暗殺幇助は極刑となるほどの重罪だ。だからこそ、間違いがないように綿密に調査をしなければならない。それまでは、あくまでも容疑しかないわけだからな。処罰もされないということだ」

「お兄さま……ありがとうございます」

お兄さまは約束通りにザーラを生かすために策を練《ね》ってくれたらしい。これなら、まだ調査が終わっていないという理由で裁きを遅らせ続けることができる。

ザーラを合法的に生かすことができるということだ。

「まぁ、お前も閉じ込めることになったがな」

「大丈夫です。今度はちゃんと部屋にいますから」

これは、罰則というわけではないんだけど、私が狙われたと公表した以上、身の安全を考慮するために、外出制限をかけなければいけないらしい。外に出るのが好きな私としては、これが結構辛い。

以前とは違って部屋の前にも離宮の周囲にも騎士が巡回しているので、見つからないように外出することは不可能。

「それとは別に、お前に伝えておくことがある」

「なんでしょう？」

「さらにザーラと侵入者を取り調べた結果、今回の事件にルーメン派閥のロウター子爵が関わっていたことがわかった」

「子爵……ですか？」

意外な人物に、私はぽかんとしてしまう。勝手なイメージだけど、黒幕はもっと上の……上級貴族とかが関わっていそうな気がしたのだ。

事実、ロウター子爵は強い力を持っているわけでもない普通の下級貴族だ。そんな子爵が私の身を狙う理由が思いつかない。と、なると……

「別の首謀者がいるんでしょうか？」

「ああ。証拠は残ってないだろうがな」

ですよね〜。黒幕が終盤まで尻尾を掴ませないのはあるあるだから。

「そして、そいつはお前の持っているペンダントを狙っていたそうだ。理由まではわからんがな」

「こ、これを……ですか？」

神器ってことはバレてないよね？

私は首に下げているペンダントを見る。寝ているのか話しかけるつもりがないのかはわからないけど、ペンダントからの反応はない。

「おそらく、お前に渡すつもりだという情報を手に入れていたんだろう。元々はザーラに盗ませるつもりだったようだが、ザーラが反抗したから彼女を刺して、ペンダントが保管されている離宮に侵入者を差し向けたようだ」

なるほど、状況が見えてきたぞ。

何も知らない私たちからすれば、口封じのためにザーラを刺したとしか思わないし、ペンダントのことは気づかれないと思ったんだろう。

「それで、陛下からはそのペンダントを回収するように言われたが……お前は持っていたいんだろう？」

私は、部屋の片隅でくつろいでいるライに視線を向ける。

私の視線に気づいたのか、ライと目が合う。表情が読み取りづらいけど、返すんじゃないと言われているような気がした。

「はい。私にはこれが必要ですから」

「……わかった。陛下には俺から伝えておくが、お前も警戒しておくように」

「はい、わかりました」

今後は神器だけじゃなくて、それを狙ってくる奴らにも注意しなきゃね。

「まぁ、しばらくはあいつらがひっきりなしに来るはずだから、それをもてなしている間は安全だろうがな」

「そうですね」

お兄さまの言葉に一瞬で現実に引き戻される。

これからのことを想像すると、私は苦笑いすることしかできなかった。

◇◇◇

エルクトお兄さまが訪ねてきた翌日。

「アナスタシア王女殿下。ルナティーラ王女殿下がいらっしゃいました」

おっ、来たか。

「通して」

外の護衛の言葉に私が返事をすると、ドアがゆっくりと開く。

そして、籠を持ったルナティーラお姉さまが入ってきた。

「久しぶりね、アナ」

「お久しぶりです、ルナティーラお姉さま」

ルナティーラお姉さまとは、本当に久しぶりだ。少女式以来、ほとんど顔を合わせていない気がする……というか、エルクトお兄さま以外にほとんど顔を合わせてないね。

エルクトお兄さまと一緒に、ヴィオレーヌお姉さまに会ったくらいかな？

「昨日は、兄上と一緒だったのよね？」

お姉さまは、ベッドの脇のテーブルに籠を置きながら、不機嫌そうに尋ねる。

兄上というのは、エルクトお兄さまのこと。

「あっ、はい。そうですが……」

私が謹慎扱いになってから、お姉さまたちがローテーションを組んで、私に会いに来てくれてる。

「何か不満でもおありですか？」

「あるわよ！　ずーっとアナを独り占めしてたのに、時間も空けずにすぐに会いに来るんだもの！」

「あ、あの……独り占めとは？」

会いたかったんなら、お姉さまたちも会いに来ればいいじゃんって思ったけど、なんか事情があるような口ぶりだ。

「私たちは、いろいろと忙しかったの。自分の離宮の管理に加えて、婚約者候補との顔合わせとか、下町への炊き出しとか」

意外と言ったら失礼だけど、ちゃんと王女らしいことはやってたんだなぁ。

ヴィオレーヌお姉さまの学園から即行帰宅の話を聞いた時はどうなのかと思ったけど、ちゃんと貴族たちと交流もしてるみたいだし。

「だけど、兄上はいろいろと免除されてアナのところに毎日のように行ってたのよ？　ずるいじゃない！」

お姉さまらしからぬ子どものような拗ね方に、少し苦笑してしまう。

でも、確かにエルクトお兄さまはよく来てたな。お兄さまのハイスペック頭脳なら自分の用事は片づけてるのかと思ったけど、そもそもなかったのか。

ずるいというのもわかるかも。

「なぜなのかご存じですか？」

「父上からの指示だそうけど、詳しくは知らないわ」

だから、お姉さまも私に愚痴は言うけど、直接文句は言わなかったのか。

大人だなぁと思っていると、お姉さまがぎゅっと抱きついてくる。

「ル、ルナティーラお姉さま？」

いきなりどうしたのかという意味を込めて名前を呼ぶと、お姉さまはふふっと笑う。

「二人しかいないし、また一週間後になるから、これくらい許してちょうだい」

「べ、別にいいですけど……」

私は、少し顔を赤らめてしまう。お姉さまのハグは、布団に包まれているような心地よさがあって、暖かいから。

それから一分間ほど、お姉さまに体を預けていたけど、一向に解放される気配がない。離れようと体を動かすと、逃がさないとばかりに、力強く抱き締められる。

……あの、そろそろ終わりませんか？

「お姉さま。そろそろ……」

「もうちょっと、ね？」

見上げながら言葉で訴えるも、お姉さまに笑顔で却下されてしまった。

体格から、私がお姉さまに力で勝つのはまず無理だから、お姉さまから離れてもらわないといけないのに。

「は、離れないと、一週間後はハグさせてあげません！」

「むぅ～……しょうがないわね」

私が強気に拒否すると、お姉さまは不満そうにしながらも離れてくれた。

「じゃあ、また一週間後に会いましょ。私が持ってきたお菓子は、自由に食べていいから！」

バイバイと手を振りながら、お姉さまは出ていく。

明日はシルヴェルスお兄さまが来る。この分じゃあ、シルヴェルスお兄さまはもちろんのこと、他のお兄さまも危ういかも……

なんか、とたんに会いたくなくなってきて、私ははぁとため息をついた。

◇◇◇

私の予想は、あっさりと的中した。

「アナ～、聞いてる～？」

「聞いてまーす……」

私は、後ろから聞こえてくる声に振り向きもせずに返事する。

私は今、どうなっているかというと、遊びに来たシルヴェルスお兄さまの膝の上に乗せられています。後ろからがっちりホールドされていて、逃げられないし、振り向くこともできません。

「どうしてエルクト兄上ばっかりなのかなぁ？　僕たちにはアナと必要以上に接触するなって言ってたくせに」

「わかりません」

多分、お兄さまが兄弟で一番強いからなんじゃないかなと思うけど、それを言うとさらにグチグチ言いそうな気がして、心のうちに留めておく。

でも、気になってはいるんだよね。いくらお父さまから頼まれて、影で護衛のようなことをしてくれていたとはいえ、あんなに遭遇するものなの？

私が誘拐されかけた時に、真っ先に駆けつけたのもお兄さまだし。

お兄さまが私に監視役でもつけてるのかな？　それっぽいのを見かけたことは――

そう思ったところで、ある人が浮かぶ。

私がバラ園に行った時に会った謎の使用人らしき人。

まさか、あの人じゃないよね？　確か、王宮勤めって言ってたし、お兄さまが監視まで指示できるような立場ではなさそう？

う〜ん……わかんない。

「でも、これからは会いに来てもそこまで問題がないのではありませんか？　護衛騎士をつけるというのも聞きましたし」

「あぁ……その件なんだけどね……」

シルヴェルスお兄さまは、なぜか言葉を濁す。いかがいたしましたか？

「騎士たちが思った以上のポンコツだから、先延ばしになっちゃったよ。だから、騎士はもうちょっと待っててね」

「あっ、はい。わかりました」

正直、エルクトお兄さまと神器で事足りるもんね。

「あの……騎士なんですけど、できれば女性がいいです」

私に誰をつけるのか決めるのは、お父さまやお母さまたちだろう。

やっぱり、私はいくら外見が子どもとはいえ、中身はそれなりの乙女。男性相手では気まずくなるような場面も多くなりそうなので、同性のほうがありがたい。

「当たり前でしょ。アナに男なんてつけられないよ」

「あ、ありがとうございます……」

真面目な顔でそう言うお兄さまに、思わず苦笑いしてお礼を言ってしまう。

かなりのシスコンだよね、私の兄姉たちって。

「それで、何人くらいになるでしょう？　多すぎると顔や声を覚えるのが大変なので、常に側にいる人は少なめがいいんですけど……」

さすがに、護衛を少なくしろなんてわがままは言えない。護衛が少なくなれば、それだけ危険性が増える。神器をおおっぴらに使えない以上、抵抗手段がほぼないので、危険は減らしておくべきだ。

でも、護衛してくれる人を覚えないのも失礼だし、もしかしたら刺客と入れ替わったりなどもあるかもしれない。私のポンコツ頭では、記憶できる数に限りがあるので、顔を合わせる人は少なめのほうがありがたい。

「じゃあ、専属は三人くらいにしておくように父上たちに言っておいてあげるよ。それ以上はさすがに減らせないからね」

「ありがとうございます！」

三人ならなんとかなる。フウレイやヒマリさんがいてくれると嬉しいけど、さすがにそこまでの贅沢は言えない。

仲よくなれるといいなぁ〜。

「アナ、騎士たちはお友だちじゃないからね？　信頼関係を築くのはいいけど、ちゃんと距離を保ってよ？」

「えっ……声に出てました？」

「ううん。そんな顔してたから」

えっ、どんな顔⁉　そんなに友だち欲しそうな顔してた⁉

「じゃあ、時間だしもう行くね。一週間後にまた来るから〜！」

「あっ、はい。お気をつけて……」

シルヴェルスお兄さまが嬉しそうに出ていった後、私は姿見で何度も自分の姿を確認してしまった。

◇◇◇

翌日は、ハーステッドお兄さまが訪ねてきました。とはいっても、その日は騎士の訓練などをしなくちゃいけないらしく、チラッと顔を出しただけ。

でも、きっちりとハグはされました。

なんで、皆ハグしたがるのかな？

その次の日は、ルーカディルお兄さま。ルナティーラお姉さまと同じく、お菓子を持ってきてくれたので、私はヒマリにお茶を用意させて、持ってきたお菓子をお茶うけにして食べている。

ルーカディルお兄さまは、向かい合うように座っている形だ。

「アナ、もう平気か？」

「はい、大丈夫です」

ルーカディルお兄さまは、会うたびに私のことを心配する言葉をかけてくれる。

私が大丈夫と言っても、自分の目で確かめたいのか、いろいろとまさぐられたりもする。

「エルクト兄上から、内通者の件はそれとなく聞いた。本当に平気なのか？」

どうやら、私の怪我の具合だけでなく、精神面も心配してくれたらしい。

ここの人たちなら、私がザーラをどう思っていたかなんて、わかっちゃうんだろうね。

「大丈夫です。永遠に会えなくなるわけでもありませんから」

私が笑顔でそう答えると、ルーカディルお兄さまは「……そうか」と呟く。

そして、ぽんぽんと私の頭を撫でる。

「辛くなったら、いつでも頼れ。俺たちは、常にお前の味方だ」

そう言うお兄さまの笑顔の破壊力が凄まじくて、私の思考はしばらく停止したけど、すぐに我に帰る。

「はい！」

私は、元気よく返事をした。

神器を集めなくてはいけない都合上、きっとこれからも、私は危険な目に遭うことがあるだろう。

辛い思いをすることもあるかもしれない。

でも大丈夫。

私の家族は最高だから！

この作品に対する皆様のご意見・ご感想をお待ちしております。

おハガキ・お手紙は以下の宛先にお送りください。

【宛先】

〒150-6019 東京都渋谷区恵比寿4-20-3 恵比寿ｶﾞｰﾃﾞﾝﾌﾟﾚｲｽﾀﾜｰ 19F
（株）アルファポリス　書籍感想係

メールフォームでのご意見・ご感想は右のＱＲコードから、
あるいは以下のワードで検索をかけてください。

アルファポリス　書籍の感想　検索

ご感想はこちらから

本書はWebサイト「アルファポリス」（https://www.alphapolis.co.jp/）に投稿されたものを、改題、改稿、加筆のうえ、書籍化したものです。


私《わたし》の家《か》族《ぞく》はハイスペックです！

落《お》ちこぼれ転生末姫《てんせいすえひめ》ですが溺愛《できあい》されつつ世《せ》界救《かいすく》っちゃいます！

りーさん

2024年9月30日初版発行

編集－藤長ゆきの・宮坂剛
編集長－太田鉄平
発行者－梶本雄介
発行所－株式会社アルファポリス
〒150-6019 東京都渋谷区恵比寿4-20-3 恵比寿ｶﾞｰﾃﾞﾝﾌﾟﾚｲｽﾀﾜｰ19F
TEL 03-6277-1601（営業）　03-6277-1602（編集）
URL https://www.alphapolis.co.jp/
発売元－株式会社星雲社（共同出版社・流通責任出版社）
〒112-0005 東京都文京区水道1-3-30
TEL 03-3868-3275
装丁・本文イラスト－azな
装丁デザイン－AFTERGLOW
印刷－中央精版印刷株式会社

価格はカバーに表示されてあります。

落丁乱丁の場合はアルファポリスまでご連絡ください。

送料は小社負担でお取り替えします。


ISBN978-4-434-34509-8 C0093